Opal
オパール文庫

エリート夫と離婚するまでの100日間
契約結婚ですが
本気で愛されてるかもしれません

泉野あおい

プランタン出版

※本作品の内容はすべてフィクションです。

プロローグ

私が〝役〟を演じる舞台は、いつも決まって華やかなパーティー会場だ。

女優でもない私が、特別な役を背負うようになったのは、今からちょうど三年前のこと。

三年前のあの日、朝は爽やかに晴れていたが、昼過ぎから徐々に雲が広がり始めた。パッとしない天気とは裏腹に、会場内の光景はいつも通り絢爛だった。

その日、私は彼の提案に乗った。彼が相手だったからこそだ。

もちろん、不安がなかったわけではない。

彼——七城匠《しちじょうたくみ》さんは、全面的に信じるべき人間ではないということを、私は痛いほど理解していた。

それでも、彼の〝妻〟という役を引き受けたのだ。

三年間の思い出とともに、この日もパーティー会場の扉を開ける。

室内に足を踏み入れるなり、目に入ったのは匠さんの姿だった。

百八十一センチの長身に均整の取れた体つき、艶のある黒髪に整った眉、優しげな目元。その端整な顔立ちは母親譲りだった。

彼の母親はかつて名を馳せた大女優。匠さんが俳優と見間違えられるのも無理はない。

匠さんは私に気付くと、いつものように嬉しそうに目元を細めた。その仕草はあくまで自然だ。

すぐに彼は私の目の前まで来て、柔らかな声で囁く。

「あやめ、今日も綺麗だな」

甘い言葉と優しい表情――それは、まるで本当に愛している相手に向けたもののようだった。

周囲にいる誰もが、彼は心から妻を愛しているのだと思い込むだろう。時に事情を知る私自身ですらそう錯覚させたくらいだ。

――匠さんと私はいわゆる〝契約結婚〟だった。

肉体関係どころかキスすらしたことがない。住まいも同じ部屋ではなく、マンションの隣同士という徹底ぶり。それら全てが契約書に明記されている。

だが、そんな二人が世間から〝日本一のおしどり夫婦〟と称されているのだから、不思議なものだと私は思う。

ちらりと視線を前に向けると、深い愛情を宿しているかのような瞳でこちらを見つめている匠さん。

その瞳に見つめられると、心臓に悪い。三年を経て、それなりにうまく反応を返せるようになっていたはずが、今日に限っては私の返す笑みがぎこちなくなっていた。

この生活もあと百日。むしろ、今夜突然「今日で終わりだ」と告げられても不思議ではない状況だったからだ。

それなのに——。

「ふぁっ、あっ……ンッ、やっ……それ、だめ！」

その夜、私は〝偽の夫〟と初めて身体を重ねていた。

声にならない抗議を漏らしたものの、匠さんは止まらなかった。

裸にした私の胸を舌で刺激し、花弁の上で震える卑猥な突起を愛撫していた。とめどなく溢れ出る蜜は、私の太ももを淫らに濡らしていく。

彼の動きは絶妙で、それを演技と呼ぶにはあまりにもリアルだった。

私は知らず知らずのうちに息が荒くなっていく。快感に耐えきれず目を閉じると、さらに匠さんの指先の感触が浮かび上がる。

私の脚に一瞬力が入った。それを見透かしたかのように、彼の指は硬くなった蕾を摘まんで震わせる。

「ぁあんっ……！」

私の身体は数回跳ね、それから一気に脱力した。

ふうっと意識がどこかに飛んでいきそうな感覚が私を襲う。

次にはっきりと意識が戻ったのは、目の前の匠さんが乱暴に服を脱ぎ捨てた時だ。

初めて見る男性の裸に、私は慌てて視線を逸らした。ぬめりを帯びた秘部にそっと剛直が当たる。

私は戸惑ったが、もう何度も達したそこは次の刺激を待つようにヒクついていた。

「あやめ……」

耳元で甘く囁かれる自分の名前。

その響きの中に演技の余韻が残る一方で、ほんのわずかに真実が混じっているような気がした。

――お願い、少しでも私のことを好きでいて。

その一瞬の思いを打ち消すように、匠さんの低い声が、静かな部屋に再び響いた。

「このまま避妊せずにしないか？」

避妊しない――？

私は一瞬、耳を疑った。目を見開いたまま何か言おうとしたが、喉に言葉が詰まる。

慌てて首を横に振ることでようやく反応を返した。

「離婚まであと百日ですよ」

その言葉に匠さんは一瞬、眉を下げた。普段は飄々とした態度の彼にしては、あまりにも感情が露わだった。

それは本心なのか、それとも彼の得意とする演技の一環なのか。

わずか一秒にも満たない沈黙が、永遠のように長く、重く感じられる。

「……そうだよな」

匠さんは力なく頷いた。

そして、彼が観念したように避妊具を手に取るのを見て、私はほっと胸を撫で下ろした。

しかし、先ほどの彼の言葉が胸の奥に引っかかる。

どうして今、そんなことを言ったの――？

疑問がポツリと心の中に落ちて、波紋のように静かに広がっていった。

それをかき消すように、彼の先端がぐぬりと私の中に入ってくる。

「んんっ……！」

「あやめっ」

全てが中に埋まると、匠さんの手が私の手を探り当て、まるで本物の恋人のようにしっかりと握りしめられた。

その瞬間、胸の奥が切なく軋む音がしたが、私は目を閉じてそれを無視した。

唇が再び重なり、深いキスが交わされる。唾液が混ざり合うと互いの境界を失っていくようだった。

やがて、匠さんがゆっくりと律動を始めた。

思考を全て奪うほどの鮮烈な快感だけが私の身体に刻まれる。

気付けば、無我夢中で彼を求め、さらなる高みに達していた。

私にとって、それは予想外の出来事だった。

そして——翌朝、匠さんの放った言葉が、私にさらなる衝撃を与えた。

「これから契約終了日の三月三十一日まで一緒に住んで、もしあやめの気持ちが俺に向いたら、離婚はなしにしてほしい」

1章：小さな世界を変えるプロポーズと初めての恋

二〇二一年十二月十八日

やっぱり来たくなかった……。

私、篠崎《しのざき》あやめは心の中でその言葉を何度も繰り返していた。

その日、私が出席していたのは旧財閥系の七城グループ内で行われる『七城電機《しちじょうでんき》創業十五周年記念パーティー』だった。

華やかな会場には、名だたる経営者や財界人が集い、格式高い雰囲気が漂っている。

そして、その中心が、壇上に立ち、形式通りの挨拶を淡々とこなす七城電機社長――七城凌牙《りょうが》さん。

今年三十八歳の彼は、私より十五歳も年上である。明るい茶髪をきっちり整え、細身のブランドスーツを着こなしたその姿は、誰の目にも洗練されて見えるだろう。

七城一族の皆がそうであるように、見た目において彼に非の打ちどころはない。だけど、私にとっては関係のないことだった。

──やっぱり苦手だ。

挨拶を続ける凌牙さんをちらりと見る。しかし目が合わないように、すぐに視線を逸らした。

会場に響く拍手が挨拶の終了を知らせる。それでも、私の心は重いままだった。

──早く帰りたい。

始まったばかりのこの会が終わるまで、あとどれほどの時間がかかるのかを考えるだけで、身体が重くなる。だが、帰ることはできない。

私の父は自身が経営する会社を支えるためにこれまで多くの努力を重ねてきた。兄が亡くなってからはなおさら、父の奔走ぶりが目に見えていた。

それを知っているからこそ、私も逃げ出すなんてできなかった。

それが最も苦手とする男性との結婚であったとしても──。

「あやめちゃん、やっぱり来てくれたんだ」

背後から聞き慣れた、少し高めの男性の声が耳に届く。その瞬間、背筋が凍るような感覚が走った。

振り返ると、そこにはやはり凌牙さんが立っている。

彼の何が苦手なのか――一番は、女性の身体を値踏みするような視線だ。

そして、『女は若いほどいい』『女は選ぶ男で人生が決まる』という口癖がさらに嫌悪感をかき立てる。

しかし、それらは七城グループの多くの男性にも共通する特徴だった。

彼らのような立場の人間に逆らう女性など、現実にはほとんど存在しない。それが、七城グループという巨大財閥の力だ。

凌牙さんと向き合っているだけで、先ほど呑んだワインが胃の奥から込み上げてくるように感じたが、ぐっと唾を飲み込んで事なきを得る。

隣では父が深々と頭を下げた。

「この度は十五周年おめでとうございます」

私も続けて頭を下げたけれど、凌牙さんはわざとらしい笑みを浮かべて答える。

「俺の代で経営が傾くなんてことはうちの会長が許さないですから。それはそちらも同じでしょう?」

父は苦しそうに笑いながら、さらに頭を下げる。

その顔を見るだけで、父がどれだけ追い詰められているかが分かった。

「まあ、篠崎電機《しのざきでんき》も七城と繋がっている限りは安泰ですよ。取引を切られない限りはね」

言葉に脅しめいた雰囲気が含まれているのは、篠崎電機は七城電機に依存する形で経営が成り立っているからだ。それでも凌牙さんが社長になるまでは平穏だった。

しかし彼が社長になり、昨年離婚した途端に、取引継続の条件として、私との結婚を持ちかけてきたのだ。

本来、私は父の会社のためになるのなら政略結婚を受け入れる覚悟があった。

だけど、凌牙さんとだけは例外だった。彼と結婚する未来を考えるだけで息が詰まりそうになる。

父も私の気持ちを理解しているのか、無理に結婚を強いることはしなかった。

それでも、最終的に私はその道を選ぶしかないのだろうと、父の表情や態度から察知していた。

父が凌牙さんに深く頭を下げ、私の腕を軽く引いてその場を離れる。

凌牙さんの視線から解放され、ようやくほっと息をつくことができた。

「すまなかったな、あやめ」

「ううん。お父様こそ、大丈夫なの?」

「心配するな。大丈夫だ」

本当にそうなのだろうか、と父の表情を見つめてしまう。

篠崎電機の経営は、どこからどう見ても楽観できる状況ではない。

私は父の力になりたい――その思いだけは強くある。だが、そのための覚悟がいまだ決めきれない。

どのみち凌牙さんと結婚するなら、自分できちんと覚悟を決めるつもりだった。

父がふと何かに気付いたように視線を会場の入口に向けると、「少し外す」と言い残して会場を出ていった。私はその背中を見送りながら、軽く息をつく。

再びワインを受け取り、一口呑んだ。

時計を見ると、時刻は午後六時半。あと一時間程度かな。そう自分に言い聞かせながら、周囲を見渡した。

会いたい人などほとんどいない。以前はよく話しかけてくれた静香《しずか》さんも、もちろんここにはいない。昨年、凌牙さんと離婚したのを境に、彼女はパーティーに姿を見せなくなっていた。

そしてもう一人――匠さんもまだ姿が見えない。

今日もこの場に来るはずなのに、忙しいのかな？　もしかして休憩で外に出ている？

そんなことばかり考える。

気が付けば、いつもこうして会場で匠さんの姿を探している自分がいた。他の誰のことも気に留めないのに、匠さんだけは別だった。

彼は他の男性とはどこか違う。七城グループの支配的な空気とも違う、不思議な存在感を放っており、彼と言葉を交わすと自然に笑顔が増えた。

私は今日もつい匠さんの姿を探してしまっていた。


「篠崎社長は?」

その声に現実に引き戻され、振り向いた。後ろにいたのは匠さんではなく、凌牙さんだった。

思わずため息が漏れそうになる。

「今、外に出ています。お呼びしましょうか?」

「いや、いい。あやめちゃんに用があるから」

そう言いながら、凌牙さんの視線が私の身体を下から上へと這った。

胸で視線が止まる。彼の目は、それを評価するかのように動きを止め、不快な笑みを浮かべる。

その笑顔を避けるように後ずさる私の左手首を、彼は無造作に摑んだ。

「あやめちゃんだって、自分の立場くらい分かっているだろう?」

「立場、ですか……?」

「七城電機なしに篠崎電機がやっていけないことくらい、分かるよな」

その言葉の裏にあるものを、彼の目が語っていた。

拒めば、篠崎電機は市場から排除される。そんな未来図が鮮明に見える。

ギュウ、と目を瞑った私に、彼は耳元で囁く。

「今日、泊まっていこう。そろそろ身体の相性だって確認しておいた方がいい」

その言葉に、嫌悪感が抑えきれなかった。

父に助けを求めたくても、まだ戻ってきていない。

大声で「やめてください！」と叫ぶ勇気は持ち合わせていなかった。

それに、叫んだところで何になる？

ここは祝いの場だ。主役の凌牙さんに恥をかかせるような行為をすれば、それが父の会社にどんな影響を与えるか分からない。

凌牙さんは私の震えを感じ取ったのか、顔を近づけてクスリと笑った。

「大丈夫、俺は上手だから、心配しなくていい」

上手だとか、そんなことはどうでもよかった。この人とは絶対にしたくない。それどころか、本音を言えば、どんな男性とであっても――。

――どうして自分の身体なのに、自分の思う通りにならないの？

首筋にかかる彼の吐息を拒絶することすらできない。目を閉じてただ耐えるしかない自分が悔しい。

さらに彼の手が私の肩に回り、自然な動作で会場から連れ出される。歩く速さは容赦なく、私の足がついていけないことなど彼は意に介さない。

「社長ですし、最後のご挨拶がまだ残っているのでは……」

どうにかこの状況を打破しようと、私は口を開く。

やめてください、と言えない分、どうにかして凌牙さんから引き下がってほしかった。

「もう、あとは勝手にやるさ。一度シタあとに最後の挨拶だけ戻ってもいいしな」

「でも……」

必死に凌牙さんの手を解かせる言葉を探す。しかし、こんな場面で穏便に断れる、そんな機転の利いた言葉がどうしても浮かばない。

「俺は上に行くべき人間だし、これからもっとのしあがる。そういう面でも、俺に抱かれてよかったたって間違いなく思えるさ」

彼の吐息は荒く、肩にねっとり触れる手の重みが嫌悪感をさらに募らせる。

込み上げてくる吐き気を、必死に飲み込んだ。

――だめ、吐きそう……でも、こんなところで吐くわけにはいかない。

全力で耐え続ける中、視界の端に人影が入った。

その瞬間、胸の奥で何かが弾けるような感覚があった。

長身で、端整な顔立ち。切れ長の目には漆黒の瞳がはまり、その目つきはいつも冷静だ。

どんな危機的状況にあっても、彼は驚かず、焦らず、冷静な判断を下す。

そして、無理に笑顔を作ることもなく、常に自分のペースを崩さなかった。

――匠さんだ！

思わず泣きそうになりながら、私は彼の顔を見つめた。

その瞬間、胸の中にわずかな希望の光が差し込むようだった。

しかし、彼は私の異変に気付いているのかいないのか、表情を全く変えない。ただひたすらに前を見据え、歩みを止めようともしなかった。

まるで私の存在など眼中にないかのように……。

匠さんは『七城データ』という会社の部長職ではあったが、グループ役員ではなかった。七城グループという巨大な組織の中では常に役職が上のものが優先され、いくら凌牙さんの弟とはいえ、匠さんの発言力など微々たるものだろう。

ましてや、匠さんにとって私は「時々話す仲」に過ぎないのだ。

――だから匠さんが私を助けてくれるはずはない。

匠さんは、私が誰とどうなろうと気にしないのだろう。そう思うだけでさらに目の前が霞む。

いずれ凌牙さんを受け入れるしかないのなら、今そうしたところで同じこと？

頭がぼーっとする。吐き気のせいで思考能力が著しく低下しているのが分かる。

そんな時、私の耳元に低く冷静な声が届いた。

「気持ち悪いならいっそこいつに吐いてしまえ。こいつは潔癖だから、萎える」

え、と私は思わず足を止めそうになった。凌牙さんは構わず歩いて私を引っ張る。

凌牙さんは、今の言葉に気付いていないらしい。

声の主は、ちょうど隣を通り過ぎた匠さんだったのだ。

エレベーターホールに着くと、凌牙さんは荒い息を漏らしながら上階にあがるボタンを押した。

三基あるエレベーターのうち、二基は一階に止まっている。残りの一基は上の階で止まったままで、まだ動き出す気配がない。

私は、先ほどの匠さんの言葉を反芻していた。

――気持ち悪いならいっそこいつに吐いてしまえ。

次の瞬間、凌牙さんは私の肩にかけていた手を、ドレスの胸元から中に差し込んだ。

ぐにゃり、と胸を直接乱暴に揉まれ、今日一番の恐怖が全身を駆け巡る。

再び、匠さんの言葉が頭をよぎった。その瞬間、胃から何かが一気に込み上げてくるのを感じた。

気付けば、私は凌牙さんに思いっきり吐き戻していた。

「うわぁあああ！」

凌牙さんの悲鳴が、静寂を破ってエレベーターホールに響き渡った。それは、まるで獣が断末魔の叫びを上げるかのような、凄まじい悲鳴だった。

その場にいた誰よりも先に駆けつけたのは、他でもない匠さんだ。

彼は、まるでこの事態を予期していたかのように、冷静に凌牙さんにハンカチを差し出すと、私を抱き上げた。

突然の出来事に、私はただ目を泳がせることしかできない。

「顔が真っ青だな。すぐに医務室に連れていきます」

そう言うと、匠さんは到着したエレベーターに私を乗せ、最上階のボタンを押した。そして、ためらうことなく『閉』ボタンを押す。

エレベーターの扉が閉まり、取り残された凌牙さんとどこからともなく駆けつけたホテルマンの姿が見えなくなって、私と匠さんを乗せたエレベーターはゆっくりと上昇していく。

私は匠さんに抱き上げられたまま、呆然と彼を見上げていた。

匠さんの瞳は、相変わらず冷静さを湛《たた》えている。こんな場面でも、彼は少しも慌てる様子を見せない。

だからかその胸の中にいるだけで、不思議な安堵感に包まれるのだった。

チーン、と無機質な音が響き、エレベーターは最上階に到着した。

扉が開くと、匠さんは私を優しくソファへと下ろす。私は、彼に深々と頭を下げた。

「もう吐き気も治まりましたし、体調が悪いわけではないので、病院は大丈夫です。本当にありがとうございました」

そう言うと、匠さんは口元を手で覆い、私をじっと見つめていた。

次の瞬間、彼は真面目な顔で呟く。

「まさか、本当に吐くとはな……」

「た、匠さんが言ったんでしょう！」

私は思わず反論してしまった。しかし、彼は冷静な口調で返してきた。

「半分は冗談だった。それに、いざとなれば助けようと思っていた」

本当だろうか？　私は首を傾げた。

私には、人の顔色を見てその真意を読み取ろうとする癖があった。そのおかげで、相手の表情から大体の心情を推察することができる。

しかし、この匠さんだけは例外だった。彼はいつも冷静な表情を崩さない。そのため、他の人のように心情を読み取ることができなかったのだ。

彼が何を考えているのか、これから何をしようとしているのか、全く予想がつかない。

だからこそ、私は余計に彼のことを知りたかった。

ただ、心情が分からないといっても、彼は七城家の一員であり、凌牙さんの弟である以上、警戒すべき存在であることは間違いない。

凌牙さんと匠さんは、異母兄弟だ。しかも、匠さんの母親は元女優で、黒い噂が絶えない人物だった。

本来ならば、最も警戒すべき相手なのかもしれない。なのに……。

――私は、匠さんにだけは苦手意識を持てない。

七城家の男性の中で、そんなふうに思えるのは彼だけだ。

匠さんは、私をじっと見つめ、容赦なく言い放った。

「嫌なら断ればいい」

「断れるものなら、とっくに断っています」

私には、会社の事情も、父の必死な思いも、痛いほど分かっていた。

だから、政略結婚を受け入れること自体は、ある程度覚悟している。

ただ、相手が凌牙さんであるということが、どうしても受け入れられないだけだ。

匠さんは、不思議そうに首を傾げた。

「結婚自体は断る気がないのか？　ただ先延ばしにしたいだけか？」

「いいえ、断れないんです。それに……凌牙さんは、二十代前半の女性と結婚したいそうなので、たとえ先延ばしにしたとしても、猶予はあと一年しかありません」

「あやめさんは、今何歳だった？」

「二十三です」

今日はたまたま凌牙さんを撃退することができたけれど、それは一時的なものに過ぎない。私に与えられた猶予は、あと一年しかないのだ。

凌牙さんの前妻である静香さんも、二十二歳で彼と結婚した。

彼には、女性の年齢に対する強いこだわりがあるようだった。

「本当は、結婚を断りたいと思っているのはどうしてなんだ？」

匠さんの問いかけに、私はきゅっと唇を噛み締め、彼の顔を見つめた。

さすがに、彼の兄を「生理的に受け付けない」と正直に言うのは、彼に対しても失礼だろう。そこで、私は言葉を精一杯にオブラートに包んで伝えることにした。

「私、凌牙さんのような方と結婚したら、いつか家庭内で傷害事件を起こしてしまうんじゃないかと不安なんです。そうなれば、お互いの会社にも迷惑がかかってしまいますから」

すると、突然、匠さんが吹き出す。

私は目を丸くして、匠さんを見つめた。何かおかしなことを言ってしまったのだろうか。

「そんなに笑う話でしたか？」

「いや、すまない」

そう言いながらも、彼はまだ愉しそうに笑っている。

何がそんなにおかしいのか、私にはよく分からなかった。しかし、彼の笑顔を見ていると、私まで自然と頬が緩んでくる。

これまでも匠さんは時折、私の前で笑顔を見せることがあった。私にとって、彼の笑顔は特別なものだったのだ。

「じゃ、三年もあれば、あやめさんは晴れて二十代後半だな」

「そうですね」

「君が逮捕されないための、いい考えがあるんだ」

彼が私のために考えてくれたこととは、一体どんな〝考え〟なのだろうか？

次の言葉を待つ私に、匠さんは焦らすような間を置き、ゆっくりと口を開いた。

「三年間だけ、俺と結婚しないか？　そうすれば、離婚する時には君は二十六歳。もう凌牙と結婚する必要はないだろう」

「……さ、三年間の結婚？」

あまりにも予想外の提案に、私は驚いて固まってしまう。

まさか、三年間の結婚などという提案を受けることになろうとは。

しかし、匠さんは落ち着き払っていた。

「実は、俺にも結婚したい理由があるんだ。端的に言えば、七城の役員になりたい。その

ために は、グループ会社の社長になる必要がある。だが、うちは既婚者でないと役員になれない慣習があるのは知っているだろう」

「はい、それはうちのグループも同じなので……」

「やっぱり、あやめさんは話が早いな」

匠さんに褒められ、急に頭が冴え渡る。

つまり、お互いのメリットを考えて三年間結婚しようと提案してくれているようだ。

彼は、私が納得するまで説明を続けようとする。

「俺は役員になるために。あやめさんは、凌牙と結婚しないために。俺たちの結婚は、キスもセックスも必要ない、ただの契約結婚だ」

「キスもセックスも必要ないって……本当に？」

「あぁ。それとも、あやめさんはしたいのか？」

「え……」

あまりにもストレートな質問に、私は戸惑いを隠せなかった。

キスやセックスがしたいかどうか……。

少なくとも、さっき凌牙さんに触れられた時のことを思い出すと、ぞっとしてしまう。

私は首を横に振った。

「い、いえ……」

「だろう？」

「でも、キス……とか、他のことも必要ない結婚って考えたこともなくて」

私自身がどう思おうが、結婚相手の男性に自分の身体を全て任せるような未来しか、私には用意されていないと思っていた。

――それが免除される結婚なんて、あるんだ……。

匠さんの言葉は、私の心に新たな光を灯してくれた。

「契約結婚なんだから、必要なものと必要ないものに分けて考えればいい。例えば住居のこともだ。一緒の部屋だとあやめさんも嫌だろう？」

「え……」

そう問われて、嫌かどうかすぐに判断できずに戸惑った。

男の人と住むことに抵抗はある。けれど、匠さんなら……と少しだけ心が揺れる。

「男と一緒に住むなんて心配だろうし、マンションの隣同士に住まないか？　ちょうどいいマンションを持っているんだ。それならあやめさんも安心して生活できる」

匠さんは小さな不安も全て払拭していくような、冷静で自信に満ちた言葉を紡いでくれる。

「あやめさんの生活の面倒は俺が見る。あと、お父様の会社の方も何とかするから安心して」

彼の提案は何もかもが完璧だった。

しかし、こんなに私に都合のよい条件ばかり提示されて、何か大きな見返りを求められるのではないだろうか。

「それで匠さん側の条件は何ですか？」

「こちらの条件は、パーティーや夫婦として出席しなければならないものには妻として同伴すること。そうでないと既婚者かどうか疑われるからな。俺も君が夫を必要とする場面には必ず付き合う」

彼は本当に形だけの妻が欲しいということらしい。

——匠さんはいつも虎視眈々と七城家を乗っ取るチャンスを狙っているんだから、気をつけなきゃ。あの女狐の息子なのよ。

昔から彼はよくそう噂されていた。彼の母親は女優で、後妻だったから余計に……。

普段はその素振りは見せないけれど、こういうチャンスにしっかり提案してくる姿を見ると、野心家ではあるのだろうと納得できた。

「なぜ私に声をかけたのですか？　きっと匠さんならもっといろんな女性がいるでしょう？　私が若いから？」

社長令嬢、という肩書以外に、自分にあるのは若さだけだ。決して卑下しているわけではないが、そんなふうに思っていた。

彼が大きな企みをしているなら、きっと私のような立場ではあまり役に立たない。

そんな私に、匠さんは微笑む。

「理由は二つ。一つ目、君はSNSの類をしていない。そうだろう?」

「そうですけど……それが何か」

「契約結婚だから、リスクは少ない方がいい。それに最大の理由は、俺はプライベートでは結構人見知りでね。仕事以外で普通に話せる女性がいないことだ。こんな不躾な提案をできる女性もね」

その言葉を聞いて、つい嬉しいだなんて思ってしまった。

これも彼の戦略だろうか? すでに彼の手のひらで踊らされている?

でも、それでもいいと思い始めていた。

「で、あやめさんはどう思ってる?」

「……その条件は私にとっても最高だと思います」

「そうだろう」

匠さんがゆっくり頷く。

凌牙さんの弟であることとか、野心家であるところとか……彼を信用しきれていない部分はある。だけど、それを含めてもこれまでの関わりの中で私は彼に〝ある感情〟を抱いていたから。

覚悟を決めた私は、ソファから立ち上がり、自分の右手を差し出していた。

「匠さんがいいなら、是非お願いします」

「あぁ、よろしく」

そう言うと、匠さんは私の差し出した右手を握り返してくれた。

男性に触れられることに、嫌悪感以外の感情が沸き起こる。

そういえば、抱き上げられた時も、嫌な気持ちは全くしなかったことを思い出した。

――できればずっと、この手を握っていたい。

そう思ってからすぐ、彼は私の手を離した。言いようのない寂しさが込み上げる。

私はその時にはもうとっくに、彼に好意を寄せていたのだ――。

話が決まったその日のうちに、匠さんは各方面に承諾を得た。

そしてすぐにホテルの部屋をリザーブし、弁護士とともに婚姻届と契約書を作成していく。

「契約期間は、二〇二二年四月一日から二〇二五年三月三十一日までの三年間。期間終了後は、双方の合意に基づき、契約の更新は行わないものでよいですね。婚姻費用の負担は匠さん。また、契約期間中、性的関係を持つ義務を負わず、一切の強制を行わないと明記します」

弁護士の男性が抑揚のない声で言った。それに匠さんは頷く。

「あぁ、あとは義務として、『必要に応じて互いに協力すること』、『困難な状況や問題が生じた場合には、必ず相談し、協力して解決を行うものとする』という項目も入れてくれ。いいよな?」

突然私に振られて、私は慌てて頷く。

「ではそちらも契約項目に入れ込みましょう」

匠さんは、慣れた手つきで出来上がった契約書に署名した。

私はまだ夢を見ているような気分で、ペンを走らせた。

契約締結後、結婚生活開始日の前には両家の顔合わせが行われた。そこも匠さんの卓越した演技力と見事な切り返しで乗り越えることができた。


そして二〇二二年四月一日。私たちは、都内の高級マンションの最上階、二部屋あるうちのそれぞれ別の部屋に住むことになった。

それからというものパーティーや必要な時以外は、ほとんど顔を合わせることはなかった。もちろん契約の通り、匠さんが私に手を出してくることもなかった。

彼は公の場では常に完璧な夫を演じきり、私たちは、いつしか〝日本一のおしどり夫婦〟と呼ばれるようになっていった。

だが、あくまでも仮面夫婦。私たちの関係は、契約書で結ばれたビジネスライクなものに過ぎなかったのだ。

それでも、結婚生活を続ける中で、私は以前よりさらに匠さんに惹かれていく。

彼のさりげない優しさや気遣いに触れる度に、私の恋心は大きく育っていったのだ。

匠さんとの心の距離が縮まることはないと分かっていながらも、私は彼への気持ちを止められなくなっていた。

――そして、三年という月日は容赦なく流れた。

2章：失ったものと譲れなかったもの（ｓｉｄｅ匠）

七城家のしがらみは、金銭面での不自由がない代わりに、心の余裕を全て削り取っていくものだった。

俺には十歳離れた腹違いの兄・凌牙がいて、凌牙は幼少期から実母に「何をしてもいいからトップに行け」と繰り返し教え込まれていたようだ。彼の母親は、実際にそれを体現していた。

息子を一人の人間としてではなく、七城家の後継者として鍛えあげようと、暴言を吐き、暴力を振るうことも厭わなかったらしい。

やがてその行為が問題視され、祖父が離婚を強く勧め、凌牙から母親を引き離した。

彼はその事実を知らされず、再婚してやってきた後妻——俺の母に敵意を向けた。

そして後妻とその子どもである俺への嫌悪感は、年齢を重ねるにつれて深まっていく。

特に母に対する風当たりは七城家全体からも強かった。

元女優という経歴が災いし、母は『会長の愛人』だの『家族の和を壊した女狐』だのと、根も葉もない噂を囁かれた。

凌牙が俺や母に向ける敵意は、そうした家の空気に乗って、さらに剝き出しになっていった。

小学生になる前のある日、俺は凌牙に階段から突き落とされた。頭から血を流し、痛みで身動きが取れなくなった俺を見下ろす凌牙の顔は今でも記憶に焼き付いている。

『お前が楽しそうに笑っているからだろう。女狐の子のくせに笑うな』

その時、笑うという行為がこんなにも罪になるのか、と子どもながらに悟った。

それでも母は、凌牙を責めなかった。凌牙の気持ちを慮っていたのだろう。

母はどんな時も落ち着いた人だった。そんな母が俺によく言っていたことがある。

「匠、常に冷静でいなさい。本当の気持ちは好きな人の前でだけ見せればいいの」

その言葉の意味を、俺は正確には理解できないまま、母の前でだけは笑ったり怒ったりするようになった。けれど、そんな母も俺が小学生の時に亡くなる。

それからというもの、俺は感情というものを失った。笑うことも、怒ることも、泣くことも、驚くことさえも。

全ての感情を失うことでしか、この家では生きられなかったのだ。

パーティーにもよく連れ出されたが、もちろん気乗りして行っていたわけではない。

しかしその中で目を引いたのは、比較的に俺と年の近い柾《まさき》さんとその妹のあやめだった。篠崎電機の社長の息子と娘。二人の年は八つ離れているらしく、十歳離れている自分と凌牙に近いと思った。しかし、この二人の関係性は俺たちとはまるで違った。

あやめは、いつも表情が豊かで、子どもらしく笑ったり怒ったりしている。

そんな無防備な表情をしていれば、どのように非難されるか分からない。俺は心配する気持ちと同時に、少し批判的な気持ちであやめをよく見ていた。

「もう帰りたいよー。帰ろうよー」

あやめの声が聞こえる。彼女は不服そうに頬を膨らませ、眉間に皺を寄せていた。

また今日も彼女は人目を気にせず、素直に言葉と顔に感情を出しすぎている。心の中で眉をひそめながらそちらを見た。

「あやめ。無茶言わないで」

柾さんが困ったようにたしなめる。彼はあやめが不平を口にすれば周囲の反感を買い、彼女自身が嫌な思いをすることになると分かっていたのだろう。七城家の大人たちは女、子どもだからと優しくすることはなかったからだ。

「だって、こんなクリスマスやだもん。なんで今年はクリスマスパーティーなんてあるの？　お兄ちゃんと二人でお祝いしている方が楽しかった」

「帰ったらちゃんとお祝いしよう。だからもう少し我慢して」

「分かったよ。ちゃんと今年もプレゼント用意してるからね。今年こそちゃんと使ってよ」

「【なんでもいうことききくけん】ね。あれは大事だからさ、いざというときに使おうと思ってるんだ」

楽しそうに柾さんが笑うと、あやめもキラキラした笑顔に変化した。

少し様子を見ただけでも、二人は本当に仲が良い兄妹だと分かる。

対して俺たち兄弟は、母が亡くなったあとも特に関係に変化もなく、むしろ悪化の一途をたどっていた。声をかけても無視されるだけだ。下手すれば怒鳴られる。

父は仕事で世界を飛び回り、ほとんど家には帰ってこない。自宅にいるのは家政婦と兄だけ。あの二人のように兄とお互いに支え合える関係であればどれだけ心強かったか……。

ふいに柾さんがこちらを向く。ドキッと心臓が跳ねた。

「七城匠くん、だよね。ごめんね、うるさかったでしょ」

「あやめはうるさくないもん」

あやめが言うと、柾さんは軽くたしなめた。それを全然気にしていないかのように、あやめはテーブルの上のチョコレートを見つけて目を輝かせる。

「あ、チョコがある！　取りに行ってくる！」

「走っちゃだめだよ」

そう言いながら、柾さんが心配そうな眼差しをあやめに向けた。

その先を見つめていると、柾さんが俺に言った。

「もしかして、匠くんもチョコ好きなの？」

「え……」

確かに好きだったけれど、すでにその頃、好き嫌いが表情に出ることもなかったので、それが好物だと分かる人はいなかった。だけど、柾さんは淡々とした顔で言った。

「僕も好きなんだ。あやめも心配だし、一緒に行こう」


それから柾さんは、パーティーで俺を見かけるとよく声をかけてくれるようになった。

彼があやめと話す時以外は、表情を出さない人なんだということもすぐ分かった。彼自身もあやめを心のよりどころにしているようだった。

柾さんはこちらの高校には進学せず、遠方の全寮制の進学校に入学した。

そこは全国でも選りすぐりの天才が集まるような高校だった。

しかし柾さんが高校に入学して一年が過ぎようとした冬、彼が亡くなったと聞いて驚いた。

あとで聞いた話では、彼が通う高校には天才がゴロゴロ集まっており、思うような成績が出せず焦りを募らせていたらしい。そんな中での事故だった。

自殺とはっきりしなかったが、そうだろうと思っている関係者は多かった。

葬儀の日、あやめは大きな黒い額縁の中の柾さんに向かって「気付かないでごめん」と何度も謝っていた。

あやめはそれからパーティーにもほとんど顔を出さなかったが、一年後、久しぶりに見かけた彼女は人の顔色を必死に読むようになっていた。

まるで、柾さんの真意に気付かなかった自分を責めるように。


それから、俺はあやめをパーティー会場の中で見つけようと、無意識のうちに目を凝らすようになった。

大切な人を失った少女――その姿が、どうしても自分の過去と重なったからだ。

時が流れるうちに、あやめは元のあやめへと戻りつつあった。その変化には、静香さんが気にかけて声をかけてくれていたことが大きかったのだろう。

少し年月が経つと、俺はあやめがパーティーを抜け出し、ホテルの廊下で困っている外国人に声をかける場面を何度か見かけた。その時の表情で、彼女が英語を好きなのだということが素直に伝わってきた。

しかし、パーティー会場内の彼女は、いつも嫌なことがあると眉間に皺を寄せた仕草を見せる。

今はもう、彼女をたしなめる柾さんもいないのに……。

このままでは七城家のせいであやめ自身が何か嫌な思いをするのではないかと不安に駆られて、ある日、俺は意を決して彼女に言ってしまった。

「君は表情に感情が出すぎる。言葉で言っているのと変わらない。気をつけた方がいい」

あやめも成長しているし、たぶん、彼女自身も気付いていると思っていた。

だが彼女は、俺の言葉に驚きの表情を浮かべた。

——まさか本当に気付いてなかったのか？　あんなに顔に出てるのに？

その表情を見た瞬間、俺はなんだかおかしくなって吹き出しそうになった。

「全然気付いてなかったって顔だな。はっきり顔に『不満だ』って書いてあるよ」

「やだ……。あんなに我慢してたのに、意味なかったんですか？」

そんな彼女の素直すぎる声に、結局俺は笑ってしまった。

笑うなんて、何年ぶりだろうか——そんなことを考えながら、次に他の人に話しかけられるまで自然に漏れた笑みを止めることができなかった。

それがきっかけだったのか、あやめとは、他の女性たちと違ってなぜか自然に話せるようになっていることに気付いた。

そしていつの間にか、あやめも俺と会う度に声をかけてくれるようになった。

「あ、匠さん」

嬉しそうな表情を浮かべる彼女を見ると胸が高鳴った。あやめの前では俺もつい笑ってしまう。

「今日は会場を抜け出してないんだな」

「そんなの時々ですよ」

「そうかな。結構、会場の外で見ているように思うけれど」

「えっ……そんなに目立ってました⁉」

あやめが素直に驚くと、つい笑みが漏れた。彼女の色々な表情を見られるのがやけに嬉しかった。

「大丈夫。気付いているのは俺だけだ」

だって俺は本当によくあやめの姿を探していたから。

その後、当時は祖父の秘書だった名倉《なぐら》が驚いたような表情で話しかけてきた。

「匠さんが笑うなんて珍しいですね。あの方は確か、篠崎電機のご令嬢の――」

「篠崎あやめさんだ」

「そうですか……」

名倉はじっと俺を見つめた。その視線に少し怯んだ。

名倉智己《ともき》――彼は幼少の頃から俺を知っている。だからこそ、何かを見抜かれたような気がして、俺は一瞬身を引き締めた。

名倉家は代々七城グループの役員秘書を務めている名家だが、その中でも名倉はずば抜けて優秀で、弁護士資格も持ち、歴代最年少で会長秘書に就任した男だ。

「私は幼少期から匠さんを存じ上げておりますので……人間らしさが欠けていることを少々心配してまいりましたが、無事にあったようでよかったです」

「どういう意味だ」

「さぁ」

名倉は自分の中の、人間らしい感情をすでに見抜いているのではないか――そう思わずにいられなかった。


次のパーティーでも、俺はあやめの姿を探していた。

彼女の姿を見つけ、目が合った瞬間、彼女も顔を綻ばせた。しかしその時、俺は七城商事《しちじょうしょうじ》の社長に声をかけられてしまう。彼は俺の叔父だ。

「匠くん、すごい活躍ぶりじゃないか。まぁ、取り入るのがうまいのは、あの女狐の子だから当然だろうけどな。あれだけ計算高いなら、何だってうまくやるさ」

「私などまだまだです。これからも精進してまいります」

そう言うと、叔父はいつも通りもう少し何か小言を漏らして去っていった。

俺は嫌味を言われても、嫌味を言われている事実は分かるけれど、それに対してどんな感情を持つのが正しいのかよく分からなかった。だからどうとも感じなかった。

しかし、まだ近くにいたあやめを見ると、さっきまで嬉しそうな顔をしていたはずが心底『不快だ』という表情をしている。俺は思わず声をかけた。

「顔、怖いけど、どうしたの」

「えッ……?」

あやめは驚いて頬を両手で覆った。また気付いていなかったのか。

「すみません。今の人、すごく嫌味な感じでしたから腹が立って……つい」

「ははっ」

俺が思わず笑うと、彼女は「笑い事じゃありませんよ」とむっとして、さらに俺は笑ってしまう。結局彼女も表情を緩めた。

笑いながらも、どうして俺は彼女にこんなに心が惹かれるのか分かった気がしていた。

彼女が素直な表情を俺に向けてくれると安心するし、嬉しい。

そして、それを見る度、俺は失っていた大事なものを見つけた気分になるのだ。

俺の勤める七城データは、もともと七城グループ内のシステム開発と保守を中心に事業を展開していた。しかし、俺が中心となってシステム開発に留まらず、他社のデータ管理やクラウド・インフラの構築にも手を広げた。

簡単に言えば、大きな組織が抱える大量のデータを管理するには莫大なコストがかかる。しかし、俺たちは個々の企業に合わせた柔軟なシステムを提供し、安全性も確保した上で、コスト効率を劇的に改善したのだ。

優秀な人材に対しても惜しまず投資し、人事部と連携して必要な人材を採用した。そして、開発部門の人数を増強し、職場環境に気を使いながら残業時間の低減も実現した。

その結果、開発部門は安定して離職率が低く、やがて七城データは目覚ましい成果をあげる。前年の収益は三十%増加。人件費を差し引いても、十分な黒字を計上できるほどになった。

特にあやめと話すのが楽しみになってからは、業績の好調さは増していった。

仕事をするか悩む相手に当たると、『あやめさんならきっとこんな顔をしてこんなことを言うのだろう』と考え、彼女を通して自分の気持ちを確認する。そして取引をするかどうか決めるようになった。

そこからさらに業績は上がり、俺は七城データの開発部長に就任することになる。

そして俺は、あれだけ気乗りしなかったパーティーにも、あやめに会えるかもしれないと進んで参加するようになっていた。

十二月に入り、冬の寒さが身に染み出したその日、俺が顧客先から帰ってきた時には八時を回っていた。

ちょうど今朝方に大きな納品が終わり、フロアは閑散としていた。

「匠さん。時間、ぎりぎりですよ」

半年前、なぜか突然七城データ総務部に着任した名倉が待っていたように近寄ってくる。

「すまない」

席に着いてすぐパソコンのメールをチェックし、それからまた席を立つ。

「では行こうか」

この日は、七城会長……つまり祖父との食事の予定だった。祖父に孫は多かったが、二か月に一度ほどは必ず二人での食事に誘われた。

「私が運転いたします」

「しかし……名倉は秘書ではないだろう。今はただの同僚だ」

「匠さん、昨日は寝ていなかったでしょう。危ないですし、私も通り道ですから」

「……すまない。ではよろしく頼む」

名倉の車に乗り込んだ俺は、結局、眠ることなく窓の外の景色をただ眺めていた。

ふと、あやめの顔が思い浮かぶ。

来月には七城電機の創業十五周年記念パーティーが控えている。おそらくあやめも参加するだろう。

そのことを考えただけで、自然と頬が緩んでしまった。

それを見透かすように、名倉が運転席からちらりとこちらを見て、口を開いた。

「篠崎あやめさん、凌牙さんとの縁談話が持ち上がっているようですよ」

「え……」

凌牙が静香さんと離婚したのは、昨年のことだ。

二十二歳で嫁いできた静香さんは頼りなさもあったが凌牙にいたく従順だった。

彼女は彼女で、結婚した男性には全て従ってついていくものだ、それが女の幸せだ、という価値観を幼少期から強く叩き込まれていた。そんな彼女は、教えられた道を示して手を引っ張ってくれる凌牙を好きになり、信じた。

静香さんは静香さんなりに兄を愛していたのだ。

彼女は必死に兄についていった。いくらひどく罵られようとも、モノのように扱われようとも、彼女は凌牙に従った。俺は見ていられず、そのひどく歪んだ環境から彼女を救い出そうとしたが拒否された。

しかし最終的には、子どもに恵まれず、兄からの強い希望もあり、離婚することになった。静香さんはひどいショックを受け、自分を責め、外部との接触を一切断ち切った。兄は静香さんのことを『とんだ不良品だった』と言い、俺の中で兄に対する嫌悪感がますます深まった。

そんな兄が、次はあやめと結婚しようとしていると知った瞬間、俺は青ざめた。しかも凌牙の目は、兄弟としても恥ずかしいほどに、彼女を性的に見ているのが分かっていた。

「どうしてあやめさんと？」

「凌牙さんがあやめさんを気に入っていることはご存じでしょう。篠崎社長に、『彼女と結婚させないなら、篠崎電機への発注をなくす』と言い張っているようです」

「それは……トップとして発注引き上げを縁談の脅しの道具にするなど、ありえないことだろう」

「しかし、凌牙さんですから。篠崎電機は七城電機との取引がなければ、成り立たないでしょう」

名倉の言う通りだろう。

いつもならば、仕方のないこととして割り切っていた問題だが、今はどうしても割り切れなかった。

――彼女が結婚？　それだけは……。

その時になって、本当に大事なものを目の前で失ってしまうような焦燥感に襲われる。

感情が抑えきれず、気付けば自分の手をぎゅっと握りしめていた。

ふと、ある考えが頭をよぎり、すぐに鞄からパソコンを取り出して調査を始めた。


その日の食事は、祖父が懇意にしている都内の料亭だった。

二人きりだというのに、いつものように広い個室に通される。

こうして個人的に呼ばれることが多いため、周りからは『母親同様、取り入っている』と言われることが多いが、取り入った記憶はない。

むしろ、母も自分も祖父から少し距離を置こうとしていた。だが、祖父がそれを許さなかっただけだ。

乾杯した日本酒を呑んだあと、祖父は年齢を感じさせない鋭い目つきで俺を見つめた。

「聞いたぞ、国内最大手の三ノ輪《みのわ》自動車の受注を取ったそうじゃないか。お前の仕事はいい結果ばかりだな」

「ありがとうございます。ちょうど今日、納品が完了しました」

「大きな成果をあげても、私にも周りにもアピールしないのが匠らしい。お前の母親もそうだった。だから気に入っていたんだ」

「そうですか……」

それは、母と自分にとって、それができるような環境ではなかったからだとも言える。悪口を言われても言い訳すらできない。仕事の成果に関しても同じだ。

「もうすぐ誕生日だろう。何か希望するものはないのか？　マンションでも土地でも、何でもいいぞ」

「……それなら、一つお願いがあります」

初めてそんなことを言ったからか、祖父は目を大きく開き、静かに尋ねた。

「なんだ、言ってみろ」

「凌牙が個人的な感情だけで、篠崎電機との取引を停止することのないように進言をお願いできませんか」

祖父は驚きもせず、考え込んだような素振りを見せた。

俺は鞄からパソコンを取り出し、先ほど調べたデータを表示させた。

「こちらが過去十年の篠崎電機の決算書と、七城電機の発注分です。今や取引のほとんどが七城電機に依存しています。もともと、他の取引先もありましたが、前社長との取引が増え、その後、凌牙が自分のところを優先するように迫った結果です。もし、今引き上げれば、篠崎電機は確実に倒産します」

「そうだろうな。しかし、それの何が問題なんだ？　力の強い者が優位な取引をするのは当たり前のことだ」

「しかし、『篠崎の娘と結婚できないなら取引を停止する』というのは、会社や業務とは関係のない話ではありませんか。……その考えだけは許せません」

「許せないか」

祖父はふっと笑い、すぐに表情を引き締めた。

「グループ内で、役職が下の者が上に口を出すことを禁じているのは知っているだろう？」

「はい、もちろん」

「それは絶対だ。これがあるからこそ、皆が出世に一所懸命になる。お前も知っているはずだ」

その言葉に、俺は頷くことができなかった。

上を目指すべきだと言われているが、出世しても好き放題やっていいわけではない。七城グループの人間は、どうやらその点を勘違いしているように感じる。

「納得できないか？」

「……申し訳ありませんが、そうです。権威を得て好き放題やっている凌牙は、七城家の中では正しい権利を行使しているだけだとおっしゃりたいのですね」

「その通りだ。今のグループ体制に疑念を抱いているなら、お前が変えるしかない。お前がグループのトップになり、変えればいい」

祖父は、それしか方法はないというように、じっとこちらを見ていた。

彼はこの件について動く気はないのだろう。

俺は覚悟を決め、自分でできる限りのことをしようと決意した。

「分かりました。そうさせていただきます」

「そうか」

今になって思う。これまで俺が仕方ないと捨ててきたものはいくつあっただろう。

ただ俺は、彼女に関してだけは諦めないで自分から走って手を伸ばして摑み取りたくなっていた。そんなふうに思える女性にはもう一生出会えないと思うから。

そんな俺の決意を見抜いたように、祖父はゆっくり口を開いた。

「私は、お前が覚悟を持てば、次期トップになるだろうと思っている。……次期トップの願いなら、私も聞こう。篠崎電機の件、凌牙に進言してやる」

「……本当によいのですか？　役員でもない今の私の頼みですよ」

「あぁ。お前が必死に頼んできたのは初めてだからな。それに私はお前の祖父だ。それくらいは動くに決まっているだろう。ただし、ここらでトップを目指す覚悟を決めてもらいたかっただけだ」

祖父は笑った。俺は祖父という人物が、全く予測できなくなった。

ただ冷たいだけの人ではなかったのか?

「進言はするが、凌牙がこの命令を聞き入れるにしても三年が限度だ。その間に力をもっとつけなさい」

俺は頷いて、三年あれば……と考え出した。

ちなみにこの時、名倉が先に篠崎電機について会長に話をしていたこと、そして会長が『匠は何にでも冷静すぎるのが気がかりだ』と名倉にこぼしていたことを、俺は全く知らなかった。

二〇二一年十二月十九日
そしてあの日――。

「匠さん」

パーティーの途中、会場から一度出たところで、静かな声がかけられた。

振り向くと、そこにいたのは篠崎電機の社長――あやめの父親だった。

「少しお話ししてもよろしいでしょうか?」

彼の言葉に従い、会場から少し離れた場所へと足を運ぶ。すると彼は早々に頭を下げた。

「会長にまで契約打ち切りをしないように話を通していただいたと聞きました。本当に感謝しています」

「いえ……弟として、兄の横暴を止める責任があったので、祖父に頼んだまでです」

「ありがとうございます……」

彼の声が少し震えているように感じた。

「私はもう、娘と凌牙さんを結婚させるしか会社を救う道がないと思っていました。しかし、彼が取引停止を武器に、娘や私に今後も無茶を言い続けてくるのが容易に想像できて……正直、どうすべきか、ずっと悩んでいたんです。そんな私の悩みを、娘は察して感情を押し殺し、凌牙さんに接してくれていました。あの優しさにずっと甘え続けて……私は最低な父親です」

その言葉に、胸が締め付けられる思いがした。

どうしようもない状況に追い込まれている彼の目に、涙が滲んでいるのが見えた。

「……あの、二つ提案があります。お聞きいただけますか?」

俺が覚悟を決めてそう言うと、篠崎社長は少し驚いた表情を浮かべ、頷いた。

「これまで七城電機との取引がなかった時代もありましたよね。その時代に戻すことを考えてみませんか。私も知っている企業をいくつかご紹介します。ご苦労はされるでしょうが……七城電機との取引については、三年間は続けられるよう手を打ってあります。その間に、もう一度やり直すことを考えてほしいのです」

「社員たちは頑張ってくれると思いますが、一番の問題はあやめを巻き込むことです。もし失敗すれば、あやめがどうなるか……。それに、匠さんにもご迷惑をおかけするのではないでしょうか」

「私のことは気にしないでください。ただ、凌牙はおそらく簡単にはあやめさんを諦めないでしょう」

俺の言葉を聞いた瞬間、彼の顔が曇ったのが分かった。

「実は、もう一つの提案があります。彼女の了承さえ得られれば、三年間、契約の上だけ私とあやめさんを結婚させていただけませんか？」

篠崎社長の顔に一瞬、驚きが走った。

どう反応するだろうか、と思ったが、言ってしまった以上、もう後戻りはできない。

「もちろん、その間、あやめさんに手出しをするつもりはありません。あくまで契約としての結婚です。そうすれば彼女自身も、彼女の生活も守れます。その間に私は七城グループの役員になり、凌牙にも直接意見できる立場になります」

「……なぜそこまでして？」

篠崎社長の表情が驚きと困惑で満ちているのが分かる。

「私は、彼女のことが好きだからです」

社長はさらに驚いた顔をした。

初めて言葉にした瞬間、改めてその感情が自分の中に深く根付いていることを実感する。

だが考えてみれば、これはあまりにも自己中心的な行動ではないのか。そんな思いが胸をよぎった。

「だから、ある意味では、私だって兄を批判する資格がないんです。ただ……この結婚は、純粋に彼女を守るためだけのものです」

篠崎社長はしばらく黙って俺を見ていた。そして、ようやく頷いた。

「私は……あやめさえ良ければ、匠さんにならば娘を託してもいいと思っています」

その言葉に、思わず胸が軽くなった。一つ、重荷が下ろされたような気がした。

ほっとして息を吐いたその瞬間、社長が少し笑った。

「そのような表情もされるんですね」

「自分でも格好悪いくらい、どうすればいいのか分からないんです。でも、彼女の了承なしに手を出そうとか、そういう気持ちは本当にありませんから。それだけは誓います」

「分かっていますよ」

社長の言葉に少し安心した。しかし、これで全てが終わったわけではない。

最も重要なのは、あやめ自身がどう思うかだ。父親の承諾を得たとはいえ、彼女の了承を得るという大きな壁が待っていた。

篠崎社長と別れ、少し外の空気でも吸いに行こうと歩き出したその時、偶然か必然か

――あやめが、凌牙に連れられて歩いているのが目に入った。

一瞬、息を呑んだ。

あやめの顔は真っ青で、足取りもどこか重く見える。凌牙は、何のためらいもなくあやめの肩を抱き、エレベーターホールに向かって足早に歩いていた。

あやめの表情には嫌悪感が漂っているように見えたが、口に出して拒否する様子はない。

――どうする？　すぐに助けに行くべきか？

だが、もしあやめが本心から凌牙を拒否していなかったとしたら、静香さんと同じ状況になる。彼女は凌牙に好意を抱いていて、凌牙を必要としていたのだ。

大事なことだからこそ、あやめが本当に拒絶しているのかどうか見極めたかった。

――言えないならせめて行動で示してくれれば……。

焦燥感に駆られ、通り過ぎる瞬間、思わず声が漏れた。

「気持ち悪いならいっそこいつに吐いてしまえ。こいつは潔癖だから、萎える」

あやめが一瞬こちらを向いた。しかし、その後、彼女は凌牙に引き寄せられてエレベーターホールへと向かって歩いていった。やけに胸が締め付けられる。

――いや、彼女がどう思おうが、俺が彼女を離したくないんだ。

俺は踵を返し、足を速めて二人のもとへと駆け出していた。

だが走り出した瞬間、あやめの動きの方が早かったことに気付く。

まさか――。

一瞬、目を見開いた。あやめは凌牙に向かって本当に吐いたのだ。

俺はあやめの選択に心から安堵を感じていた。つい表情を緩め、そのまま走り続ける。

「うわぁあああ！」

凌牙の悲鳴がエレベーターホールに響くのを感じながら、俺はほとんど何も考えず、ただ走ってあやめのもとへ向かい、そして彼女を抱きかかえる。

「顔が真っ青だな。すぐに医務室に連れていきます」

そのまま、やってきたエレベーターに乗り込んで『閉』のボタンを素早く押す。

扉が閉まるなり、俺は息を吐いた。そして静かなエレベーターの中で、あやめは男に抱き上げられていることが嫌ではないだろうか、とふと不安になった。

最上階に着きあやめを下ろしたあと、彼女の本心を探るために声をかける。

「まさか本当に吐くとはな」

すると、あやめはふくれっ面で言い返す。

「た、匠さんが言ったんでしょう！」

あやめが怒って素直な反応をしてくれたことに、俺は少しほっとした。

そしてしばらく会話を交わし、凌牙と結婚したい気持ちが本当にないのかを探るように聞く。

「本当は、結婚を断りたいと思っているのはどうしてなんだ?」

「私、凌牙さんのような方と結婚したら、いつか家庭内で傷害事件を起こしてしまうんじゃないかと不安なんです。そうなれば、お互いの会社にも迷惑がかかってしまいますから」

あやめは少し悩んだあと、俺に気を遣って言葉をオブラートに包んだようだけれど、決して包み切れていない言葉と表情で言った。正直に言って本心がダダ漏れだ。

俺はあやめの本心が分かった嬉しさとその妙な気遣いに吹き出してしまった。

続けて話を聞くと、彼女は凌牙が結婚を望むのは自分の年齢が若いからだと思っていて、確かにその節はあると思った。凌牙はよく『女は二十代前半までだ』と言っていたから。

俺はその偶然に感謝した。三年に理由がつけられる。

「三年間だけ、俺と結婚しないか? そうすれば、離婚する時には君は二十六歳。もう凌牙と結婚する必要はないだろう」

あやめは少し驚いた顔をして、ゆっくりと答える。

「……さ、三年間の結婚?」

「実は、俺にも結婚したい理由があるんだ。端的に言えば、七城の役員になりたい。そのためには、グループ会社の社長になる必要がある。だが、うちは既婚者でないと役員になれない慣習があるのは知っているだろう」

あやめは少し不安な様子も見せたが、俺はできるだけ丁寧に不安を取り除く言葉を紡ぐ。

するとと彼女は頷いてくれた。そして俺たちは合意の握手を交わしたのだ。

あやめの手を握った瞬間、俺はますます彼女のことが好きになっていることに気付いた。

その後、俺は名倉を呼び、簡単に事情を説明した。名倉は初めて驚いた顔を見せたが、すぐに理解してくれた。

「それにしても、すごい提案ですね」

「あぁ、どうしようかずっと考えていたんだが、今日、それを篠崎社長に話して先に了承は得た」

「しかも、あやめさんも了承したんですか」

「あぁ。彼女も結構大胆だよな」

俺が思わず笑顔をこぼすと、名倉も苦笑して「匠さんもやっと腹をくくられたようなのでその方向で参りましょう。結婚契約書は私が作成をお手伝いします」と言った。

それから、あやめとともに契約書を交わし、結婚の話を進めることになった。

これがあやめと俺にとっての新たなスタートだ。

それからの三年間は、ただひたすら仕事に打ち込む日々で埋め尽くされた。役員の座を目指し、走り続けることだけを考えた時間だった。

3章：終わりの始まり

二〇二四年十二月二十一日：離婚まで残り百日
——会うのは今日が最後になるだろう。

早朝に目が覚めてから、その事実が頭から離れなかった。

私を乗せた黒塗りのセダンは、都内でも有数のラグジュアリーホテルのエントランスへと滑り込む。

運転手に礼を述べ、車を降りると、どんよりとした空が広がっていた。

冬至の今日は、一年で最も日が短い。私はあとどれくらい、この光の中で過ごせるのだろう。

「あと百日。いや、もうそれもないのかもしれない」

私の呟きが、白い息となって消えていく。

ドアマンの丁寧な案内に促され、ホテルの中へ足を踏み入れた。

淡いピンク色のドレスの裾が静かに揺れる。ドレスは大きな胸を強調しないAラインのシルエットに、ガラスビーズとクリスタルで装飾が施されていた。

いつもパーティーの一週間前に、ドレス、ストール、パンプス、アクセサリーなど、全て一流品が私のもとに届けられる。ただ身に着けるだけで完璧なコーディネートになった。

隣に住んでいるのに、なぜ直接渡してくれないの？

そんな疑問をいつも持っていたけれど、とうとう最後を迎えるだろう今回も、直接手渡されることはなかった。

今日は、『株式会社七城データ』の社長就任パーティーだ。

七城グループの中でも重要な役割を担うこの会社の新たな社長となるのは、他でもない私の偽りの夫――七城匠さん。

グループ内企業の社長としては史上最年少での就任となる。しかも、この会社の社長は自動的に、七城グループの役員にもなるのだ。

役員就任は、匠さんの悲願だった。

そして彼はそれを、契約結婚期間の三年以内で見事に達成した。

就任パーティーの招待客は千人程度。だけど、同伴者も多いことが予想され、会場は熱気に包まれるだろう。

いつもより早く到着したのは、落ち着かなかったからだけではない。主催者の妻として、少しでも役に立ちたかったからだ。

五階の広間に行くと、会場の前で名倉さんが待っていた。

鋭い眼光に銀縁の眼鏡。そして、隙のないスーツ姿。

三年経っても、彼の人物像は、弁護士資格を持つ四十代後半の男性、という以外に何も掴めなかった。

「奥様。匠さんももう到着されております。会場をご確認後、控室へお二人でお進みください」

「何かお手伝いできることはありますか？」

「いえ、結構です。私は、本日より正式に匠さんの秘書となりますので、お気遣いなく。ただ、控室にパーティーの参加者リストがございますので、いつも通りご確認をお願いいたします」

私は頷いて名倉さんと別れたあと、重厚な扉に手をかけ、ゆっくりと開ける。

シャンデリアの光が降り注ぐ会場の中央に、匠さんが立っていた。

目元と雰囲気が実力派女優と言われた五月琴音《さつきことね》に似ている彼は、芸能界入りを勧められることも多かったらしいが、その誘いにはいつもきっぱりとノーを突きつけていたそうだ。

匠さんの父方の家系である七城家も、一族揃って容姿端麗だった。しかし、そんな中でも彼の美しさは際立っていた。

会場を見渡していた匠さんと目が合う。彼は、いつものように穏やかな笑みを浮かべて私を迎えた。

その瞬間、心臓が大きく跳ね上がる。

私も、同じように笑みを返せばいい。頭では分かっているのに、うまく表情が作れない。

少しでも気を抜けば、顔はへにゃりと緩み、本当の気持ちが溢れ出てしまいそうになる。

私は必死に口元を引き締めながら微笑んだ。

私は契約結婚を始めた日からずっと〝偽の妻〟を演じ続けてきた。

本当は、彼のことが好きでたまらなくなっているのにずっと……。なんと複雑な役柄だろう。

彼は、長い脚であっという間に私のもとへ歩み寄ってきた。

そして、いつものように、妻を溺愛する夫を完璧に演じながらこう言うのだ。

——あやめ、今日も綺麗だな、と。

パーティーが終わり、最後の招待客を見送った時には、時計の針はすでに九時を回っていた。

華やかな時間のあとの静寂が戻ってくる。まるで、シンデレラの魔法が解けたようだ。

私は安堵と寂しさが入り混じったため息をついた。

隣を見ると、匠さんはまだ気を張っている様子だった。慌てて私も顔を引き締める。

「お疲れ様でした」

「あぁ、あやめもお疲れ様」

匠さんは、少し間を置いてから私に提案した。

「今日、このホテルに泊まらないか？　部屋を取ってある」

私は静かに頷いた。

彼がそんなことを言うのは、三年間で二度目だからだ。

一度目は、結婚の契約を交わした三年前のあの日。

もちろん、あの時も二部屋用意されていた。そして、部屋の中では名倉さんが常に同席していた。

あの時と同じように、だが今回は離婚の話をするのだろう。

しかし、そんな私の予想は見事に外れることになる。

匠さんが予約していたのは、部屋の中央に巨大なクリスマスツリーが鎮座しているスイートルーム一部屋だったのだ。

寝室が二つあるとはいえ、まさか同じ部屋に泊まるとは。私は部屋の前で立ち尽くしてしまった。

そんな私の動揺をよそに、匠さんは涼しい顔で言った。

「気になるなら、上のラウンジで話して、そのまま帰ってもいいぞ」

正直なところ、同じ部屋に泊まれるのは嬉しい。緊張するけれど、心が躍る。

しかし、三年間隣同士に住んでいながら、一度も手を出してこなかった匠さんだ。今さらそんなことをするはずがない。だからこそ、気軽に誘えるのだろう。

少しだけ寂しい気もするけれど、私は首を横に振って、匠さんを見上げた。

「いいえ、部屋でいいです。外で話して聞かれてもいけませんし」

「そうか、よかった」

匠さんは優しい笑みを浮かべた。

誰かに見せるためのものではない心からの笑顔。それがやけに嬉しい。

私の心は、こうして今日も簡単に彼に奪われていく。

耳元でドクドクと鳴り響く鼓動を感じながら、匠さんに促され、窓際のソファに腰を下ろした。ぎこちない動きになっていないだろうか。

「何か頼もう」

匠さんはそう言って、流れるようにルームサービスをオーダーした。そして、部屋に備え付けられていたワインを、慣れた手つきで取り出す。

私はというと、緊張のあまり、窓の外の夜景にしか目が向けられていなかった。外の煌びやかな光は、私の心を落ち着かせるどころか余計に緊張感をかき立てる。

何もないと分かっていても、好きな人と二人きりでホテルの室内にいるなんて、緊張するに決まっている……。

ポンッとコルクが抜ける音に、私ははっと我に返り、匠さんを見た。

彼は、ゆったりとした動作でグラスにワインを注いでいく。

ワインを注ぐ匠さんの姿を見るのは、これが初めてだった。

三年間、私たちは仮面夫婦を演じてきた。だけど、こんな些細な瞬間を共有することさえなかった。

二人の間には、何か決定的なものが欠けているからだ。だからこそ、今日で終わりを迎えるのだろう。

やっぱり、寂しい。そんな思いが私の胸を締め付ける。

「どうぞ」

匠さんからワイングラスを受け取ると、芳醇な香りが鼻腔をくすぐった。

匠さんと、こうして同じ香りを味わえるこの時間が、この上なく贅沢だ。最後だからか余計にそう思う。

そうだ、このワインの名前を覚えておこう。

ワインラベルに書かれた名前を心の中で何度も繰り返す。

これで、大丈夫。寂しくなったらこのワインを呑もう。

その時、匠さんがグラスを掲げた。私も慌ててグラスを持ち、「乾杯」と声を合わせた。


「あやめはこれからどうするつもりだ？」

ルームサービスの食事が運ばれてきて、少し落ち着いた頃、匠さんが尋ねてきた。

――やっぱり、今日で終わりなんだ。

そう実感すると、胸が痛んだ。それでも、私は努めて冷静に答えた。

「今のマンションを出たら、一人暮らしをしてみようと思っています」

「実家には戻らないのか？」

「父を支えたい気持ちはありますが……一人で生きていこうと思います。これまでは、結婚する以外に選択肢はありませんでした。でも、今は違います。もし今後実家に戻るとしても、ちゃんと一人で生活できるようになって、父を支えられるようになってからです」

三年前は、凌牙さんと結婚する以外に道はないと思っていた。

しかし今は違う。もしもの時は、私が父を支えられるかもしれない。そう思えるようになっていた。

それは紛れもなく、匠さんのおかげだ。

彼が切り開いてくれたこの道は、キラキラと輝いていて、この三年間の思い出があれば、どんなことにも立ち向かっていける、そう思えた。

それでも、不安は一つあった。

一月に七城データの社長に就任する匠さんが、三月末の契約終了を待たずに契約を解除すると言い出さないか、ということ。

今日で会うのが最後だとしても、せめて契約期間満了までは彼の妻でいたい。そうすれば、きちんと彼と別れることができる。そう思っていた。

私は意を決して、できるだけ彼に嫌な思いをさせないように言葉を選んだ。

「あの……お話、というか、お願いがあるんです」

「なんだ?」

「契約期間は三月末までなので、引っ越しの手配を三月末にしてしまっているんです。匠さんが役員に就任されるのは一月ですが、三月末まで、妻としてあそこに住んでいてもいいですか?」

「もちろんだ。約束通り、三月末まで夫婦でいてほしい」

私は、安堵のため息をついた。

よかった。最後まで……あと百日、まだ彼の妻でいられる。

「では、あと百日、よろしくお願いします。三年間、本当にありがとうございました」

私は微笑んで、頭を下げた。

しかし、次の瞬間――。

匠さんは突然、私の手からワイングラスを取り上げ、近くのテーブルに置くと、私の手を握ったのだ。

「な、んですか……？　え？」

目の前の匠さんは真剣な表情をしている。その表情から、彼の真意を読み取ろうとするが、心臓の音がうるさくて何も分からない。

私が固まっていると、匠さんは口を開いた。

「最後くらい、夫婦らしいことをしてみないか？」


――今、何を言われたの？

彼の言葉の意味が、理解できなかった。

一瞬、頭に浮かんだ想像を慌てて打ち消す。

まさか。そんなことを今さら、まして匠さんから提案してくるはずがない。

しかし、私の手を握る匠さんの手に力がこもる。それは、私の考えが間違っていないことを示していた。

「三年間支えてくれた妻を抱きたい。もちろん、本人の許可が得られれば」

匠さんの顔は真剣そのものだった。その目は今までにないほど熱を帯びている。

身体の奥底で心臓が大きく脈打つ。私はさらに混乱した。

匠さんの意図が全く分からない。彼は目的のない行動はしないはずだ。

だとしたら、この提案にも何か理由があるのだろう。

そもそも、男性と性的な関係を持つことに、私は嫌悪感を抱いていたはずだ。

冷静に考えれば、彼の思惑も分からないまま、この提案に乗るべきではない。

しかし――。

私は頭の中に響く理性の声を無視し、衝動的に匠さんの手を握り返した。

「……はい」

か細い声で返事をすると、匠さんは嬉しそうに目を細めて笑った。

その笑顔を見て、私の胸は熱くなり涙が溢れそうになる。自分の気持ちまで、一緒に溢れ出しそうになった。

――たとえ、あなたが私のことを好きじゃなくても、私は、ずっとあなたのことが好きだった。

こぼれ落ちそうになる言葉を何とか飲み込み、その言葉の代わりに「だから今日、抱いてください」と呟いていた。

次の瞬間、私の後頭部に大きな手が添えられ、ふわりと匠さんの顔が近づいて唇が重なった。

一回目のキスは匠さんから。しかし、二回目はどちらからともなく重なった。


ベッドルームまで、匠さんのジャケットとネクタイ、そして、私のドレスとストッキングが散らばっていた。

「ぅんっ……はぁっ……あっ……」

匠さんは、下着姿の私の全身に、熱っぽいキスを丁寧に落としていく。

ブラを取られた時、一瞬抵抗してしまったが、匠さんは私のコンプレックスだった胸に、まるで宝物にでも触るように大事そうに触れた。

その優しい手つきに、ピクンと身体が跳ねる。

胸の先端を口に含まれ、舌先でねっとり舐め上げられると、堪えきれない高い声が飛び出してしまう。

「あぁうんっ……！」

それでもやめる気はないとばかりに、肉厚の舌が私の敏感な場所を這う。身体中に電流が流れたかのようにびりびりとしびれる感覚がした。

「やぁ……」

徐々に全身に広がる官能的な疼きが怖くて、思わず匠さんにしがみつく。すると、匠さんはふいに動きを止めた。それと同時に、唇も離れる。不思議と物足りなさが私を襲う。

匠さんは窺うようにこちらを見た。

「……気持ち悪くはないか？　本当は、触れられるのも苦手だろう」

そして、突然不安げな顔でそんなことを聞くのだ。

私は驚き、それから三年前に凌牙さんに吐いた時のことを思い出して笑いそうになってしまった。

「匠さんなら大丈夫みたいです」

自分だっておかしいと思う。男性に触れられるなんて絶対に嫌だと思っていたはずだ。でも、匠さんは嫌じゃない。むしろ、愛撫が止まった時に物足りなさを感じてしまうくらいだ。

「ただ……今までキスすら一度もしなかったのに、なんで突然こんなこと……」

私が気になったのはそれだけ。

初めてのキス。そして、今はもうショーツだけの姿になりベッドの上にいる。

これまで三年間何もなかったのになんで今……？

急展開すぎてそれだけが夢みたいで信じられない。

匠さんははっきりとは答えてくれず、代わりに意地悪に微笑んだ。

「あやめはキスくらいはしてほしかったのか？」

「まさか！」

思わず否定してしまった私の表情を見て、匠さんが愉しそうに笑った。その顔に私の胸はさらに高鳴る。

「気持ち悪くないなら、遠慮はしないからな」

彼はそう言い放ち、再度、私の胸の先端を咥えた。


「はぁッ……！　ンッ……」

胸を愛撫されている時、私の両脚はいつの間にかすり合わせるように動いていた。

濡れているのが自分でも分かる。恥ずかしくて、ショーツをまだ脱がされていないことに安堵する。

胸を弄られながら、片手が太ももに伸びた。そっと撫でられ、くすぐったくて笑ってしまう。

「フフッ……ふぁっ！」

しかし、笑って力が抜けた途端に、脚の間に右腕を差し込まれた。

遠慮する様子もなく、ショーツの上を硬い指先がなぞる。割れ目に沿って触れられるだけで、クチョッと粘着質な音がした。

人に初めて触れられる場所。それが恥ずかしいのに、愛液はどんどん溢れ続ける。

どうしよう。はしたないと匠さんが失望してしまったら嫌だ。

膝を立てたまま固まっていると、お尻の下に手を入れられショーツをするりと脱がされた。そして膝に手が行き、力強く脚を開かれる。

「だめ……！」

恥ずかしさの限界を突破して、言葉は途切れる。

さらに匠さんの指が優しく外側の柔肉を広げた。ピチャと音をさせて蜜口を開き、彼の視線がそこを刺すのが分かる。

――自分で見たことのない場所まで全部見られちゃってる……！

羞恥で泣きそうなのに、匠さんは嬉しそうに微笑んだ。

「期待してくれてる？　あやめはここも素直だな」

恥ずかしさで、頭の中の回路が焼き切れるんじゃないかと思った。

なのに、下腹部はきゅうんと疼く。見られている場所からトロリと愛液がこぼれたのが分かった。

途端にクスリと匠さんが笑った気配。

もしかして彼は、私が本当ははしたない女性だと知っていたのだろうか。それをわざわざ言って知らしめて、最後に意地悪をするために、抱きたいなんて言ったのだろうか……。

そんなに自分は悪いことをした？　もしかして今日、気付いていないうちに何か大きな失敗をしていたの？

泣きそうになった時、匠さんの指が直接私の秘部に添えられる。

「あっ……アァッ……！」

割れ目に沿って二度上下に動かされ、すぐに小さな突起を探り当てる。自分でも意識などしてこなかった場所。驚くべきことに、そこは快感だけを掴むための場所だった。

匠さんは指の腹で優しくその粒を撫でたと思ったら、そのまま強弱をつけて人差し指と親指で摘まんで擦る。

「ふぁっ……やぁッ……！」

「自分で触れたことは？」

「ないっ……そんなのないですっ……」

「だろうな」

微笑みながら、次は指の腹で敏感になりきった花芽をこね回す。身体がベッドの上で何度も跳ねる。それでも匠さんは的確に私が感じる場所に触れ続けた。

「ふぁっ、あっ……ンッ、やっ……それ、だめ！」

脚に一瞬力が入る。それを見透かしたように、匠さんはより激しく小さな突起を愛撫した。

「ぁああんっ……！」

指先で芯を摘まれた途端、目の前がオレンジや黄色に瞬く。ガクガクと身体が壊れたように震え、少しの間のあと、一気に全身から力が抜ける。

息が整わず、ただひたすらに頭がぼうっとしているだけだった。

「達したか」

匠さんの声が遠くから聞こえる気がする。

そうか。これが達するという感覚なのか、と私はぼんやり思う。

次にはっきりと意識が戻ったのは、目の前の匠さんが乱暴に服を脱ぎ捨てた時だ。

室内の明かりに照らされて、匠さんの鍛えあげられた肉体が見える。

大人の男性の上半身を生で見たことがなかったけれど、以前美術の本で見たダビデ像より綺麗な肉体だと思った。そして慌てて視線を逸らす。

そんな私の額に匠さんは口づけた。すぐに口づけは唇に落ちる。私も不思議とそのキスに応えてしまう。いつの間にか自然と舌が絡まった。

何度も舌を絡める淫猥なキスをしたあと、匠さんは耳元で囁いた。

「痛い思いはさせたくないから、もう少し慣らしておこう」

その意味を理解するより先、彼は濡れそぼった場所に指をそっと差し込んだ。

「ひゃうっ……！」

変な声が出て、驚きに固まっていると、膣の中で匠さんの指が優しく動く。第一関節まで入った指は何度か出し入れされ、すぐに第二関節まで差し込まれた。

怖いくせに、自然とそのまま身を委ねてしまう。

「ンッ……ンんッ」

「唇は嚙まない方がいい」

再度キスをされて、唇をこじ開けられた。同時に身体から力が抜ける。中に入っていた匠さんの指はそっと入口をかき回した。

「ぁっ……んくッ……」

クチクチという音と体内で蠢く指を感じると、全身が熱くてたまらない。自分のものではないものを受け入れるのは怖いのに、彼の一部だと思うと嫌ではない。

じっとりとした膣内のお腹側を擦られた瞬間、身体がビクンッと跳ねた。

「あっ、ふぅっ……ンッ……！」

声が一層高くなる。先ほどと似て非なる気持ちよさ。きっとこうしていなかったら一生知るはずのなかった快感を生む場所。

そう思った次の瞬間には、彼の指はその場所を執拗に責め出した。

「ん……はぁんっ……や、あっ……くっ……ぅん！」

意味をなさない声しか紡げない私の唇は匠さんの唇で塞がれて、唾液を交換し合う。

そのうち、指を入れながら親指で一番敏感な突起を刺激された。思わず頭がのけぞってしまう。

「んんんんん……！」

気付いたら、匠さんの指をぎゅうぎゅうと締め付けていた。彼の指の太さを中で感じる。

呆然とするのを許さないように、次は指を増やして慣らされ、何度も絶頂に導かれた。

何度目か分からない絶頂のあと、匠さんはスラックスを下ろし自身を取り出した。

初めて見るそれに慌てて視線を逸らしたけれど、はち切れんばかりに膨らんで痛そうだった。

ただそれが、匠さんが私を身体ごと求めている証のようで、私は少し嬉しくなってしまった。

そっと、秘部に肉棒が当たる。ぬち、と粘着質な音がする。

もう何度も達したそこは、次の刺激を待つようにヒクついて、さらに蜜をこぼした。

「あやめ……」

匠さんが甘い声で名前を呼ぶ。私は一つ頷いた。

「このまま避妊せずにしないか？」

「離婚まであと百日ですよ」

私が驚いて首を横に振って答えると、匠さんが悲しげな表情を浮かべる。

私の胸に罪悪感が広がったところで、「……そうだよな」と匠さんも納得してくれたようで、避妊具をつけてくれた。

——どうして今、そんなことを言ったの？

疑問を持った次の瞬間には、十分に濡れている私の中にゆっくり匠さんが入ってきて、思考は停止した。

「あぁん……！」

苦くて、やけに全身が熱い。思わず、きゅっと唇を噛んでしまう。

「痛いか？」

「いえ……でも……なんか、ヘンで……」

声も切れ切れでうまく出せない。

すると、匠さんは一つキスを落とし、少し苦しげに眉をひそめて口を開いた。

「俺もまずいな……」

それはどういう意味なの？

じっと見てしまうと、苦笑した匠さんはずるっと中から肉棒を抜く。

「アァッ……ふぁっ……ンッ」

「入口がいい？　それとも……少し奥？」

ぐぬっと中にまた差し入れられる。その時、さっき指で散々責められた部分をかすめた。

「はぁっ……そこ、だめ！」

「ここか」

納得したように、彼はそこを何度も通りながら、抜き挿しを始める。感じるところを選んで刺激されているようだ。快感が強すぎて目を開けていられない。声が止まらない。

「やぁっ……あっ……く！　やぁあっ！」

「本当に嫌？　それとも、達しそうだからか？」

「ん……も、おかしくなりそうだからぁ……！」

「いいよ、おかしくなったところも見せて」

意地悪に、繋がりの上の突起を指先で弄られる。

「ふぁぁっ……あぁあああ！」

目の前がフラッシュがたかれたように光って、中が尋常じゃないほど反応してしまう。

気付いたら、匠さんは私の手に指を這わせ、ぎゅっと握っていた。

目の前にはいつもと違って、余裕のない彼の顔。

匠さんの新しい表情が見られたのが嬉しくてふっと笑うと、彼は少し困った顔をして乱暴に中を擦る。そのせいでまた愛液が増え、ぬるりとした感覚が増す。

ぐじゅぐじゅと恥ずかしい音が頭をさらに真っ白にさせた。

「はぁッ……あ、んっ……あぁっ……！」

嬌声はもう止められなかった。

全てを飲み込むようなキスをされ、中のひだを刺激するように彼が動く。快感に身体が震え、彼が握っている手を強く握り返す。

全部を忘れて、無我夢中で彼に揺さぶられていた。

「あぁアンッ！　もう……ダメっ！」

「っく……」

ぐい、と彼が最奥を突く。

今まで感じたことのない刺激が全身に走る。いつまでも身体が震えて止まらない。

ふっと意識が遠のいて手の力が抜けた時、彼が私の身体を強く抱きしめた。

二〇二四年十二月二十二日：離婚まで残り九十九日
明るい太陽の日差しで目が覚めた。外は冷えているようだが、室内は空調のおかげで寒くはない。
ふと気付くと、自分が匠さんの腕の中にいることが分かり、私は驚きで固まった。
すると私の様子に気付いたのか、匠さんも目を覚まし、私の髪を優しく撫でた。

「おはよう」

「おはよ……ございます」

「照れているのか？」

「当然です」

思わずそう返すと、匠さんは嬉しそうに笑った。そして、もう一度私の髪を撫で、額にキスをした。

「なぁ、あやめ」

これまでの演技と同じように、囁くような甘い声で彼は私の名前を呼んだ。

「はい」

「これから契約終了日の三月三十一日まで一緒に住んで、もしあやめの気持ちが俺に向いたら、離婚はなしにしてほしい」

昨夜、部屋に誘われた時よりも、衝撃的な言葉だった。

なぜ、彼がそんなことを言い出したのか、私には理解できなかった。彼には、何か新たな目的ができたのだろうか。

私が考え込んでいると、匠さんは言葉を続けた。

「まあ、この提案を受け入れないなら、離婚届には判を押さないよ」

そう言いながら、彼はこれまで見たことのないような、いたずらっぽい笑みを浮かべた。

「それに、どうしても拒否するなら、最初の契約書を皆に見せてバラすけど、それでもいい？」

いつも穏やかで優しい夫を演じていた匠さんや、昨夜私を甘く抱いた匠さんからは想像もつかない脅迫じみたそのセリフに、私は言葉を失った。

4章：甘い日々は突然に

二〇二四年十二月二十二日：離婚まで残り九十九日
朝のうちに匠さんがどこかに電話をかけ、昼過ぎに二人でマンションに戻ることになった。

ホテルから出てみると、明るい日差しに似合わない冷たい風が頬を撫でる。

匠さんとともにエントランスからタクシーに乗り込んで、十分ほどでマンションに到着した。

そしてエレベーターが最上階である三十三階に止まった時、異変に気付く。

匠さんの部屋に、私の部屋から次々に荷物が運び込まれているのだ。

「もしかして今日から住むんですか!?」

「当たり前だ。もう前の鍵も使えないからな」

「ほ、本当に一緒に住むつもりなんですか……」

これまで一緒に住んでなかったのになぜ今になって？　しかももう前の鍵も使えないとか、準備万端すぎる。

「当たり前だ。何か問題があるか」

「問題って……」

三年前とは少し……いや、かなり状況が違う。

そしてそれは私にとってかなり困った方向に変わっていて、それこそが一番の問題でもあった。

──契約結婚を決めた時なんか比較にならないくらい、今、私は匠さんを好きになっている。

昨夜彼に抱かれて、その気持ちがさらに増していた。

もちろんそんなこと、匠さんに言えるはずがなかった。お互いの利益のためだけに始まったこの関係に、恋愛感情を持ち込んでいるなんて……。

匠さんは困っている私を見るなり、ポンと軽く頭に触れる。

「昨日の今日で偉そうには言えないが、嫌なら取って食いはしない。俺だってあやめに離婚をしないでいいと思ってほしいからな」

そう言って優しい笑顔を向けられる。その仕草一つ一つが、私の心を揺さぶる。

一緒に住んで、この気持ちを隠し通すことができるのか不安になった。

同居といっても、私には鍵付きの個室が用意されていた。

二十畳はあろうかという広々とした空間に、私の荷物が手際よく運び込まれていく。

まるで最初からこの部屋の一部だったかのように、部屋の中やウォークインクローゼットに整然と荷物が収められていった。

しかし、奇妙なことが一つある。

私が普段使っていたベッドだけが、どこにも見当たらないのだ。

「あの……ベッドはどこにありますか？」

「寝室はこちらだ」

そうか、専用の部屋とは別に、寝室としてもう一部屋用意されているのだろう。

彼のあとについていくと、案内されたのは先ほどより広い部屋。キングサイズのベッドが一台、中央に堂々と置かれている。

シックなダークブラウンのベッドシーツとベッドカバーがかけられていて、私が使っていたものとはまるで違った。

「広すぎませんか。それにわざわざ新しいのにしなくても……」

「二人で使うのだからこの程度の広さはいるだろう」

「二人!?」

私は驚いて、ベッドと匠さんを交互に見る。

すると彼は目元を細めて意地悪に微笑んだ。

「嫌か？」

「いえ、そうじゃなくて……」

ただただ驚いているのだ。そして、どう考えても眠れる気がしない。

そもそも部屋は別なのに、なぜ寝るのは一緒なのだろう。

しかし匠さんは表情一つ変えず、「昨夜も同じベッドで寝たじゃないか。問題はないだろう」といとも簡単に言う。

昨夜の出来事は不可抗力。いや、そうでもなかったんだっけ……。

でも昨夜一晩と、これから毎日一緒なのとでは全然違う。

今の私ならきっとうまく断れるはずなのに、なぜか断る言葉が見つからなかった。

そんな私に、匠さんは「あやめが嫌でなくてよかった」と目尻の皺を深くした。

彼の提案を拒否できないのは、一緒に寝るという事実に緊張しながらも嬉しいという思いがあるからだ。

どれだけ私を脅してこようとも、結局私は匠さんが好きなままだった。

夜になり、私は覚悟を決めてベッドに入った。しかし、なかなか寝付けない。
あっちを向いたり、こっちを向いたり、天井を見つめたり……落ち着かない。
もしかしたら今夜も、昨夜のようなことが起こるかもしれない。
その想像に、緊張と恥ずかしさで胸がドキドキと高鳴る。
嫌かと聞かれれば、決して嫌ではない。むしろ……。
――だからどうか、今夜だけは何も聞かないでほしい。
その時、静かに扉が開く音がして、匠さんが寝室に入ってきた。
私は息を呑んで、慌てて寝たふりをした。心臓がドクドクとうるさい。
ベッドに横たわった匠さんは、反対側を向いている私の髪をそっと掬い上げた。
「あやめ、起きているんだろう？」
図星を突かれ、肩が震える。
どうしよう。寝たふりを続けた方がいいのだろうか。
「あやめ？」
甘い声で、もう一度名前を呼ばれる。
嘘をつくことはできず、私は小さく頷いた。
クスクス、と笑う声が聞こえ、顔が熱くなる。やっぱり、彼は意地悪をしたいのだ。
私が期待していることを見抜いて、揶揄うつもりなのだろう。

涙が込み上げてきたその時、後ろから優しく抱きしめられた。彼の腕の温かさが私の心まで包み込む。

大きくなり続ける心臓の鼓動。きっと、この音は匠さんにも聞こえているだろう。

それなのに匠さんはそのことには触れず、ただ優しくいたわるような声をかけてくる。

「身体は辛くないか？　昨日は無理をさせたな」

「い、いえ……大丈夫です」

「そうか」

安堵の息を吐いた匠さんは、それからも私を抱きしめるだけで昨夜のようなことをすることはなかった。

――そっか。今日はしないんだ……。

少し残念に思ってから、恥ずかしさで顔が熱くなる。

私は、一体どうなってしまったのだろう……。

＊＊＊

三年前――匠さんに契約結婚を提案されてから、両家の挨拶を終え、当たり前のようにピッタリな結婚指輪もプレゼントされた。

それを左手の薬指につけると、本当に匠さんの妻になった気分になれた。

匠さんの隣の部屋への引っ越し当日、匠さんがやってきて、同じ会社の名倉智己さんという男性を紹介してくれた。その顔を見て、私は以前にも彼に会ったことを思い出した。

確か、結婚時の契約書を作成してくれた弁護士だ。

「弁護士の名倉さんでしたよね？」

「弁護士資格は保有しておりますが、弁護士ではなく、現在は七城データの総務部長を務めております。改めて、よろしくお願いいたします」

「以前は俺の祖父の秘書をしていたんだ。信頼できる男だから」

匠さんの祖父の秘書ということは、七城グループの会長秘書ということになる。

改めて名倉さんを見ると、四十代後半くらいだろうか。眼鏡の奥の鋭い瞳と真っ直ぐ伸びた背中。そして纏う雰囲気から、すぐに彼が仕事ができる人間だと感じた。

「私も、匠さんが社長に就任されるよう全力でサポートさせていただきます。奥様も何かお困りのことがあれば、私にご相談ください。それから、こちらはこれからお使いいただくスマートフォンです」

瞬きもせずにそう言った名倉さんは、最新型のスマホを私に手渡した。

戸惑いながら中のデータを確認すると、そこには、名倉さんと匠さんの電話番号とメッセージアプリがすでに入っている。

それから名倉さんは、今のスマホの解約手続きのことと、直近のパーティーの予定を手早く伝えて去っていった。

匠さんほどではないけれど、名倉さんも心情が読み取りにくいタイプだと感じる。

それでも、彼も悪い人ではなさそうだと直感が告げていた。


二人が仕事に出かけたあと、私は改めて自分の部屋を見渡した。

ここが、これから私が暮らす場所。新しい環境に心が躍る。

まだ昼前だが、部屋の片付けは大体済んでいる。埃が舞っていたので軽く掃除をしたが、他に特に掃除する場所はなかった。

どうやら、私が入居する前に、徹底的に掃除をしてくれていたようだ。

間取りは4LDK。一人で住むには十分すぎる広さだ。必要な家具や家電、調理器具や調味料などは、あらかた揃えてくれていた。ハウスキーパーも手配すると言ってくれたが、それは断った。少しでも彼らに迷惑をかけたくない。

「まず買い出しに行って、料理をしてみよう」

実家では、基本的に料理は家政婦さんが担当していた。少し手伝うことはあったが、一から一人で作るのは初めてだ。

鞄に財布と鍵を入れて部屋を出る。玄関を出たところで、ふいに隣の部屋に目をやった。

すっかり主の気配をなくした、匠さんの部屋。

「きっと、毎日遅くまで仕事をしているんだろうな……」

呟きながら、自分の左手を見つめる。

左手の薬指には、結婚指輪が光っている。シンプルなデザインだが、匠さんとお揃いなので気に入っている。

――契約結婚とはいえ、私は匠さんの妻だ。何か、妻らしいことをしたいな。

「夕食を作って、持っていくのはどうだろう？」

良いアイデアが思い浮かび、嬉々として呟いた。

あまり笑わない匠さんだけど、私の前では時折優しい笑顔を見せてくれる。その笑顔が私は好きだった。

食事を作って持っていけば、喜んで笑ってくれるかもしれない。

『作ってくれたのか？』

そう言われたら嬉しいな。言われなくても、少し笑ってくれるだけで十分だ。

私の足取りはさらに軽くなった。

実家で料理をしてくれていた人は、魔法のようにパパッと作っていた。だけど、私にとって料理はそんな簡単なものじゃなかった。

食材を購入する際に、『初心者でも簡単にできる！』という料理本を手に入れ、本とにらめっこしながら調理し始めた。

とにかく手際が悪く、やっと肉じゃがを作り終えた時には三時間以上が経過。

さらに二時間かけて、味噌汁と蒸し鶏の胡麻和えを完成させた。合間に、白米も炊けた。

料理本の表紙で微笑む初老の男性料理人にぺこりと頭を下げると、それぞれを保存容器に入れ、できた嬉しさを噛み締めながら容器を紙袋に入れた。

紙袋を持ち、匠さんの部屋の前で待ってみる。

夜八時にはまだ帰ってきていなかった。九時、十時……時間は容赦なく過ぎていく。

いつも、こんなに遅いのかな？

実家では、夜は父が帰ってくるまで一人だった。しかし、昔は兄がいて、兄が高校進学で家を出るまではいつも一緒にいてくれた。

大学は実家から通うと聞いていたので、戻ってくるのを楽しみにしていたのに……兄は結局、帰ってこなかった。

いつの間にか、私は玄関前に座り込んで眠ってしまっていたようだ。

肩を揺すられ、はっと目が覚める。目の前には、スーツ姿の匠さん。

無事に帰ってきてくれた！　安堵の気持ちが込み上げてくる。

「おかえりなさい」

微笑んだ時、彼の眉間に深い皺が刻まれていることに気付いた。

彼のそんな表情を見るのは初めてだった。

驚いて立ち上がり、とにかく持っていた紙袋を「どうぞ」と差し出そうとした。

しかし――。

「こんなことは二度としないでくれ！」

先に声を上げたのは、匠さんだった。いつもと違って、冷静さを欠いた、強い口調……。

私は、ぽかんとしてしまった。

次の瞬間、匠さんに私の部屋へと押し戻された。

促されるまま中から鍵をかけると、隣の部屋に匠さんが入っていく音が聞こえた。

私は暗い玄関で、ずるずると座り込む。

匠さんに怒られた。しかも、あんな匠さんは初めて見た。どう考えても、私が軽率すぎたのだ。

――彼は七城グループの役員になりたかっただけで、私には興味がない……。

分かっていたはずなのに、なぜかどうしようもなく悲しくなってきた。

立ち上がり、とぼとぼとリビングに戻る。テーブルの上に紙袋を置いて電気をつけると、もう二時を過ぎていた。

終電を過ぎた深夜。時計の秒針の音だけが、静かな部屋に響いていた。

＊＊＊

二〇二四年十二月二十三日：離婚まで残り九十八日
——夢か……。

目が覚めて、安堵のため息をついた。

ふと、自分のお腹に回された長い腕に気付く。昨夜からずっと匠さんに抱きしめられていたようだ。

くるりと寝返りを打ち、ぐっすり眠っている匠さんの顔を見る。

目を閉じていても、その整った顔立ちは変わらない。

ずっと見ていたい衝動を抑え、そっと腕の中から抜け出す。

それでもまだ無防備に眠る匠さんが、なんだかかわいく思えた。

先に着替えてリビングに行くと、人の気配を察知して、エアコンが作動した。

昨夜はデリバリーを頼んだので、キッチンをよく見ていなかったがとても綺麗だ。設備は隣の部屋で使っていたものとほとんど同じだった。

冷蔵庫を開けると、私の部屋から持ってきた食材だけが並んでいる。見慣れないのは、ペットボトルのミネラルウォーターだけ。

ということは、匠さんの部屋には、もともと食材がなかったということになる。

私は、少し悩んだ。

朝食を作ってあげたい。

でも、そんなことをして、以前のように怒られないだろうか……。

結局、私も食べるのだから、と考えれば作らないという選択はできなかった。

私の料理の腕前は、一人暮らし初日から格段に向上した。今では、何品か同時進行で作ることにも慣れた。

朝の光が差し込むキッチンで、私は手際よく朝食の準備を始める。

今朝のメニューは、白米、白菜の漬物、塩昆布、具だくさんの豚汁、だし巻き卵、焼き鮭、きんぴらごぼう、小さな湯豆腐、そして色とりどりの野菜サラダ。

匠さんのために作っていると思うと、いつもより張り切ってしまう。

そろそろ起こしに行こうかと思ったその時、スーツに着替えた匠さんがリビングに現れた。

彼は、テーブルの上に並ぶ料理にじっと目を凝らしている。

私は緊張で、思わず唾を飲み込んだ。

——やっぱり、怒られるかな？

不安で、エプロンの裾をぎゅっと握りしめた瞬間、匠さんが満面の笑みで顔を綻ばせた。

私はその笑顔に驚き、心臓がドキドキと高鳴る。

「あやめが作ってくれたのか？　仕事もあるのに、無理をしないでいいんだぞ」

「いつもこれくらい自分で作って食べているので、ついでです。それに、今日は在宅勤務の日ですし……」

「そうか」

匠さんの柔らかな笑顔を見て、嬉しくて顔が緩んでしまいそうになったので、私は慌てて顔を背けた。

それから二人でテーブルに着き、「いただきます」と声を合わせる。

朝に誰かとこうして食事をするのはいつぶりだろう。

父と朝食を共にすることはなかったので、小学生以来かもしれない。

そんなことに気付き、不思議な気持ちになる。

匠さんは、一口食べるごとに「美味しいな」と呟き、目を細める。

そして何度も「美味しい」を繰り返しながら、白米はお代わりまでし、完食してくれた。

「「ごちそうさまでした」」

最後に二人の声が揃った。

思わず匠さんを見ると、彼は「本当に美味しかったよ」とまた微笑んでくれた。

顔がニヤけて仕方ないので、両手で顔を覆う。

食事の片付けは食器を軽くすすいで食洗器に入れるだけだった。匠さんも手伝ってくれたので、すぐに片付けが終わった。

なんだか、すごく新婚みたいだ。嬉しくてまたニヤニヤしてしまう。

だめだ、だめだ。しっかり顔も心も引き締めなきゃ。でも……少しだけ、またニヤけてしまった。

そして、匠さんが出勤準備を始めると少し寂しくなった。私だって、これから仕事をしなければならないのに……。

「いってきます」

「……いってらっしゃい」

玄関を出ようとする彼の後ろ姿を見つめる。そうすると、さらに寂しさが募る。

会えるのは夜かな？　いや、遅いだろうから、明日かな？

すると突然、匠さんがくるりと振り返った。

そして、大きな一歩で戻ってくると、私の顎に手を添えた。

「んっ……」

次の瞬間、彼は私の唇に軽くキスをしたのだ。

どうして？

そんな疑問が浮かんだのも束の間、嬉しさが込み上げてきて私は目を閉じた。

彼の唇の感触を、しっかりと味わう。

「じゃ、いってくる」

唇を離すと、匠さんは再び踵を返して出ていった。

昨夜は何もなかったのに、なぜ今、キスをしてきたのだろう。

まさか、私が寂しがっていることに気付いた？　それとも、私を繋ぎ止めるための策略？

理由は何であれ、嬉しいものは嬉しい。

勤務時間になっても、部屋の中に匠さんの気配が残っているようで、まだソワソワしてしまった。


その日の夜、匠さんはきっと遅くまで仕事で帰ってこないだろうと思っていた。

念のため、夕食は二人分作っておいたけれど、これも必要ないかもしれない。

ところが今話題の人気店のドーナツを両手に抱えて、匠さんは七時半には帰宅したのだ。

「これ、お土産。あとで一緒に食べよう」

箱の中には、二十種類ものドーナツが綺麗に並んでいる。

「すごい！　全部美味しそう。ありがとうございます。これ、職場の先輩たちが噂してた

ドーナツです。人気でなかなか買えないんですよね」

「ちょうど、ここの案件を担当する部下がいてね。一緒に挨拶に行ったら、オーナーが是非にと。明日まで大丈夫らしいから、今日少し食べて残りは明日会社に持っていけばいい」

「ありがとうございます！　皆、きっと喜びます」

明日はちょうど出社する予定だった。

職場の皆が喜ぶ顔を想像して、思わず笑みがこぼれる。すると、匠さんも私を見て愛おしそうに目を細めた。

そういえば、初めて抱かれた夜以来、彼は二人きりの時でも、よくこんなふうに微笑むようになった。

誰に見せるわけでもない、優しい笑顔。

結婚生活を続けるための演技だと分かっていても、微笑まれる度に、私はドキドキしてしまう。

さらに匠さんは、私の作った夕食を見て、朝食の時のように嬉しそうに顔を輝かせた。

「夕食もすごいな。あやめは料理が上手なんだな」

「作るのは好きで……。ご迷惑じゃないですか？」

「まさか。迷惑なわけがないだろう」

本当なら嬉しい。でも、本当は迷惑なのではないか……。またそう考えてしまう。

どうしても彼の言動に疑心暗鬼になってしまう。以前のこともあるから特に……。

だけど彼は愉しそうに私の仕事の話を聞きながら食事をし、食後にドーナツを一つずつ食べた時も幸せそうに笑っていた。

そして昨夜と同じように、優しく私を抱きしめながら眠りにつく。

――なんで、匠さんは脅すような形で結婚生活を継続しようと言ったの？

匠さんの目的はやっぱり分からない。契約結婚を始めた時はあんなにきっぱりと目的を告げてくれたのに、今回はそれもなかった。

ただ一つだけ分かるのは、彼がこんなに優しくて甘いのは、結婚生活の継続を私に承諾してもらうための演技だということ。

そんな裏があるのは分かっていても、匠さんとこうして暮らせるのが嬉しい気持ちだけは、紛れもない真実だった。

二〇二四年十二月二十四日：離婚まで残り九十七日
その日、私は出勤日だったものの、社長の配慮でせっかくのクリスマスイブだからと五時には帰宅を促された。
もし、昨日と同じように匠さんが早く帰ってきてくれたら、クリスマスらしい食事をしたい。

そう思い、張り切って料理の準備をしようと思った。

プレゼントは駅前のビルの地下で、クリスマスカラーの赤い包装紙に包んでもらった。

昨日のドーナツのお礼も兼ねて消え物にした。

これなら、彼も重く感じないだろうし、変に勘ぐられないだろう。

自宅に戻って料理をしていると、匠さんは七時には帰宅した。

それにも驚いたけれど、食事のあと、匠さんからプレゼントを渡されてさらに驚いた。

これまで、彼からクリスマスプレゼントをもらったことはなかったから……。

「クリスマスイブだからな。プレゼントだ。開けてみて」

渡されたのは五センチ四方ほどの、ビロード張りの小さな箱。以前、結婚指輪を渡された時と同じような箱だ。

蓋を開けると、中から三つのダイヤがあしらわれた指輪が現れた。

「指輪……？」

「ああ、婚約指輪を渡せていなかったからな。ほら、左手を出して」

有無を言わさない匠さんの口調に、私は思わず左手を差し出した。

彼は、私の手をそっと取り、指輪をはめてくれた。

左手の薬指に、結婚指輪と並んでダイヤの指輪が輝く。二つの指輪が寄り添っているようで私は目を奪われた。

「綺麗……」

思わず呟いてしまった私を見て、匠さんは愉しそうに笑う。

彼の笑顔を見て、私は決心した。

——あれを渡そう。

「少し待っていてください」

そう告げると、私は自分の部屋へと向かった。クローゼットの奥にしまい込んでいた、小さな包みを取り出して、じっとそれを見つめる。

もう渡せる日は来ないと思っていた。でも、今日なら渡せる気がする……。

私はそれを手に持ち、リビングに置いてある今日買ったばかりの赤い包みの箱も手に取った。

「これ、私からのプレゼントです。……大したものではないのですが」

「いいのか？」

「はい」

先に渡したのは、今日買った赤い包みの箱の方だ。

「開けてもいいか？」

私が頷くと、彼は赤い包みを丁寧に開けた。中には、宝石のようなチョコレートが十粒、綺麗に並んでいる。

　匠さんの顔が、パッと明るくなった。

「チョコレートか」

「以前パーティーで、チョコレートを摘まんで食べている時、表情が少し和らいでいる気がしたんです。だから、好きなのかもしれないと思って……」

「よく気付いたな。男なのにと言われるかもしれないが、チョコレートは好きなんだ。気付いたのはあやめで二人目だ」

　きっともう一人はお父様か名倉さんだろう。彼は少し照れくさそうに笑いながらチョコレートを一つ口に入れると、さらに顔を綻ばせた。

「うまい。ありがとう」

「あと……これ」

　私は緊張しながらもう一つの箱を渡した。それは、今年の四月に閉店したデパートの包装紙に包まれていた。

　一瞬、匠さんの動きが止まった気がした。私の心臓は、ドキリと音を立てる。

　しかし、匠さんはゆっくりと包装紙を開けていった。

　中には、シルバーのタイピンが入っていた。それを見た瞬間、匠さんの瞳が輝いた。

「タイピンか。ありがとう。使わせてもらう」

「いいえ」

自分の声が震えていないか、不安だった。

――よかった。やっと渡せた……。

「私のは指輪ほど高価というわけでもないんですが……」

「値段なんて関係ない。初めて、好きな相手からもらえるプレゼントなんだから、何よりも価値がある」

私は、その言葉に思わず息を呑んだ。

――今、なんて言った？　……好きな相手？

しかし、すぐにそれは嘘だと気付いた。そんなはずはないからだ。

もし本当に私のことが好きなら……これまでの三年間は、一体何だったのだろう。

必要な時、顔を合わせるだけの三年間。クリスマスも、誕生日も、年末年始も、ずっと一人で過ごした。彼は家に帰ってきてさえいなかった。

それはまるで、私と会うことすら拒否しているようだった。

「好きなんて、嘘ですよね」

「嘘ではない。そうでなければ、離婚したくないなんて言わないだろう？　俺に好かれるのは、嫌なのか？」

匠さんが、顔を近づけて聞いてくる。

嘘だと分かっている。分かっているのに、彼の瞳が真剣で……それがまるで、真実だと訴えかけてくるようだった。

私は、慌てて顔を背けた。心臓が高鳴るのを抑えられない。

彼は困ったように私の頭を軽く叩くと、「少し、外に出てみないか?」と言った。

このままここにいたらとんでもない勘違いをしてしまいそうだった私は、頷く他なかった。


外に出てみると、思っていたより寒かった。日が落ちてから一気に冷え込んだようだ。手袋でも持ってくればよかったなぁ、と思っていると、匠さんが私の右手を取る。そして自分のポケットに入れた。

「少しは暖かい?」

驚きに言葉も紡げず、ただコクコクと頷くことしかできない。

匠さんのポケットの中は、緊張と戸惑いのせいで熱すぎるくらいだった。

「少しどころかかなり暖かいです」

「ハハ、俺もだ」

そして向かったのはマンション近くの駅前。

そこから少し歩くと大きな複合施設があり、その中心の広場に大きなクリスマスツリーきしてしまう。

「あやめと来たいと思っていたんだ」

当たり前のように匠さんが微笑む。嘘だと思うのに、一緒に来られた喜びがそれを上書きしてしまう。

私は繋がれた手をぎゅっと握りしめて呟いた。

「……綺麗ですね。夢の中にいるみたい」

「また、こうして一緒に夜に出かけよう。でも、一人で出歩くのは絶対にやめてくれ。マンション内でも、一時期、夜に不審者が出たという話もあったんだ。だから、昔……帰ってきた時に、あやめが部屋の前に座り込んでいて、本当に驚いた」

「昔って……」

「隣に住み始めて、すぐの時だ」

――こんなことは二度としないでくれ！

あの時の匠さんの言葉を思い出すなり、私は目を見開いた。

「え……あの時、怒ったのは、そういう理由だったんですか!?」

「他に理由があるか？」

「私、あの時、匠さんの帰りを待っていて迷惑だから怒られたんだとばかり……」

「まさか。あやめのことを迷惑だなんて思うわけがないだろう」

匠さんは首を横に振った。嘘をついているようには見えなかった。

本当に？　あの時、迷惑だからじゃなくて、私を心配して怒ってくれたの？

――それは狡いです、匠さん……。

こんなの私にとって嬉しくないわけがない。

私は喜びを噛み締め、思わず頬を緩ませてしまった。繋がれている匠さんの手に、また力がこもる。

すると突然、匠さんが私に向き直り、繋いでいない方の手で私の頬を撫でた。

顔を上げると、軽く唇が重なる。嬉しかったけど、場所が場所だけにヒヤヒヤした。

「こ、こんなところで、そんなことしちゃいけません！」

「誰も見ていない」

「見ているに決まって……！」

私は怒って周りを見渡したが、確かに他のカップルたちは互いにのみ夢中で、人目もはばからず、手を繋いだり、肩を抱いたり、キスさえしている。

「……確かに、見てないですね」

「だろ？」

私が納得すると、匠さんはクスリと笑った。

そういえば、抱きしめられて眠ってはいるものの、あの夜から匠さんは私を抱いてはいない。

きっと、今日もこれで終わり。そう思うと、寂しさが込み上げてくる。

ふと、匠さんが私の髪を撫でた。顔を上げると、熱っぽい瞳と私の視線が絡み合う。

「俺は、続きをしたいと思っている。ただ、あやめの意思を尊重したい。あやめはどうしたいか、部屋に戻るまでに考えておいてくれ」

匠さんのその言葉に、私の心臓がまた大きく跳ね上がった。


「決まった？」

部屋に戻ると、匠さんに両手を取られた。

見上げれば、彼は余裕の表情で私を見つめている。

本当は私もしたいと思っている。でも、それを口に出せば、彼への好意がバレてしまいそうで言えなかった。

「どちらでもいいです」

そんなかわいげのない言葉が、思わず口をついて出てしまう。だけど私の顔は、驚くほど熱い。

ふっと、匠さんが笑った。

「あやめもしたいって顔をしているよ」

その言葉に、心臓がドクンと脈打つ。

顔には出さないようにしていたのになんでバレたんだろう。もしかして顔が赤いの？

嘘はつけなくて、勇気を出してこくりと頷いた。すると、匠さんは微笑みながら私を抱きしめ、そっと唇を重ねる。

彼の唇は、すぐに私の首筋を這う。私は目を閉じ、その感触に酔いしれた。

初めての夜は、緊張で覚えていないことも多かった。

だけど、優しく触れられた指先や、いつも冷静な匠さんらしくないギラギラとした瞳は、鮮明に覚えている。

――もう一度、あの瞳が見たい。

目の前には、私を求める匠さんがいる。

好きだと言われ、触れられると、結婚生活を続けたいと言ったことに何か理由があったとしても、愛情も少しは含まれているような気がしてしまう。

そうであってほしいと願わずにはいられなかった。


いつの間にか私はすっかり裸にされて、リビングのソファに押し倒されていた。

匠さんが私の胸の先端を自身の舌で弄りながら、脚の間の熱い蜜が流れ出る場所を上下になぞるように撫でる。

「あんッ……んっ……」

いやらしい声が勝手に溢れてしまう。すると、喜んだように舌はさらに私を責め、指は一番卑猥な突起に伸びた。

「や、そこはッ……」

「あやめが一番感じる場所だろ」

「違っ……や……だめ。そこ、触っちゃ……刺激が強すぎて、おかしくなるッ」

涙目で首を横に振る私を見て、匠さんは私の髪を撫でる。そして、優しい声で告げた。

「それなら少し刺激が緩めの方がいいな」

そうしてもらえるなら嬉しい、と思って頷けば、匠さんは突然私の脚をお尻から持ち上げる。驚いている私を気にもせず、彼は私の太ももの間に顔をうずめた。

「ひゃぁ……！」

愛液の溢れる割れ目に、ぬるりとした舌の感触。私は身体を震わせた。

「舌の方が刺激は少ないだろう？」

確かに指よりは緩やかな刺激だが、そうだとしても、羞恥で頭がおかしくなりそうだ。

掬うように全体を舐め上げられ、舌先で赤い蕾を震わされる。奥が疼いて、どんどん蜜は溢れ続ける。

「だめ、それ、ダメッ……」

意識がちぎれそうなほどの快感に涙がこぼれる。

つい匠さんの髪を摑んでしまったけど、再度舐められると手に力も入らない。

そうすれば、さらに好きに刺激を与えられる。円を描くように舌が這い、次いでチロチロと舌先で震わされる。

「ひゃ、あっ、ぅウンッ……！」

もうだめ、と思ったところで、濁音を響かせながら匠さんが花芽を吸い上げた。

その音の卑猥さが私の羞恥心をさらに高める。

匠さんは意地悪に私を追い詰めていき、秘裂からはとめどなく蜜が溢れ続けた。

「あ、あっ、も、……あああぁん！」

最後に突起を甘噛みされ、高い場所で私は達してしまった。

涙を浮かべる私に、匠さんは嬉しそうに顔を綻ばせてキスをした。

自分を追い詰めた相手だというのに、私は我慢できずに匠さんに抱き着く。

早く中に彼のものが欲しいと思っていた。

「ん？　もう少しする？」

匠さんは分かっているのかいないのか、目を細めて私に問う。私は首を横に振った。

「も、やだ……。もう……むり。も、お願いです……」

「かわいすぎて困るな。でも二回目だし、痛みがないようにもう少し慣らした方がいい」

絶対にもう痛くないくらいグズグズなのに、お願いしているのに……彼はひどい。

匠さんは濡れそぼった場所に指を差し込んだ。

「んっ……っく」

これからすることを教えるように指は私の中を出入りしていく。じゅぽじゅぽと音をさせ、今していることを鮮明に私に焼き付けていく。

内壁がうねり、もう限界が近づいていて、私は強弱をつけながら暴れまわる指を締め続けた。

「くっ……やぁっ、あ、も……」

「イキそうだな」

匠さんが再度足元に移動する。だめ、と言うよりも先に、指を咥えこんでいる上の蕾に口づけ、吸い上げた。

「ふぁあっ……！」

目の前が霞み、今までよりさらに強い力で匠さんの指を締め上げる。私にはその強弱をコントロールする術はなかった。

じゅぽっと卑猥な音とともに指が引き抜かれ、その指を目の前で匠さんが妖艶に舐めた。

「だめッ」

「だめじゃないよ。あやめの全部が甘くて美味しい」

肩で息をする私の額に匠さんはキスをする。優しい表情をしているが、言っている言葉もやっていることも意地悪だ。それなのに、早く身体で彼を感じたくて仕方ない。

「もう……」

「ん？　あやめの本当の気持ちを言うつもりになった？」

匠さんは愉しそうに目を細めて首を傾げる。

その言葉で私は気付いてしまった。

——きっとこの人は、はっきり言うまで入れようとはしない。

「も……お願いだから、入れてください……」

少し困ったように匠さんは微笑む。

「それもいいけど」

「匠さんが欲しいの……！」

「分かったよ。本当にかわいいな」

匠さんの瞳が一気に熱を帯びる。そして自身をゆっくり中に押し込み、私の感じる場所を刺激しながら進んだ。

「ふぁああっ……！　あっ、ンんッ……はぁ……ん！」

いつの間にか私は匠さんにしがみついている。逞しい背中に触れているだけで安心感もあった。

匠さんも嬉しそうに微笑んでいるが、時折少し余裕のない顔を見せて私を揺さぶる。

匠さんと一つになりながら、ずっと一緒にいるのを決めるのに百日も必要なかったんじゃないか、と私は思っていた。

5章：やり直しの新婚生活

二年前のクリスマス――。

「お隣、帰ってこなかったなぁ」

私はポツリと呟いて、テーブル上のデパートの包装紙に包まれた小さな箱をつついた。

何度か気配を確認しているけれど、昨夜から匠さんが帰ってきた様子がない。

夏前から、私は契約社員として仕事を始めていた。給料自体は多くなかったものの、私にとっては十分な額だ。

それまでも匠さんからは生活費とカードを渡されていた。何不自由なく暮らせるだけの額だったけれど、私は必要最低限だけ使わせてもらっていた。

初任給で何を買おうか考えた時、真っ先に思いついたのが、〝クリスマスプレゼント〟だった。

子どもの頃、クリスマスに兄とプレゼント交換をよくしていた。

兄はいつも、魔法のように私の欲しいものを当てて、自分のお小遣いでプレゼントを買ってくれた。それが本当に嬉しかった。時々は一番欲しかったものではなかったけれど、もらったものが一番になった。

私は幼くて、プレゼントを自分で買えなかったので、いつも兄の絵を描いて、その裏に【なんでもいうことをきくけん】と書いてプレゼントした。

兄はとても喜んでくれた。

クリスマスプレゼントは、私にとって特別な思い出なのだ。

だから、匠さんにもクリスマスプレゼントをあげたいと思った。

プレゼントを渡したら、喜んでくれるだろうか。それとも驚いてくれる？

パーティーでは夫婦として何度か顔を合わせているけど、彼の驚いた顔を見たことは、一度もなかった。

プレゼントを買ってから、最初はワクワクしていたのに、『もしかしたら、また怒られるかもしれない』、『クリスマスだといって浮かれてるのは、私だけかもしれない……』と、クリスマスイブが近づくにつれ、不安な気持ちが膨れあがっていった。

とうとうイブの夜。もし、七時までに帰ってきたら、偶然を装って出ていってプレゼントを渡そうと決めて、ずっと隣の部屋の様子を窺っていた。

でも匠さんはなかなか帰ってこず、八時なら……九時なら……十時なら……と、自分の中のタイムリミットは、どんどん延びていく。とうとう夜が明けても、彼は帰ってこなかった。

大きなため息をついたその時、玄関チャイムが鳴った。

もしかして！

私は小さな箱を手に取り、玄関へと走った。

「おはようございます！」

勢いよく玄関のドアを開ける。

しかし――そこに立っていたのは、名倉さんだった。

名倉さんは、顔色一つ変えず、「おはようございます」と返した。

「……名倉さん」

「どうされました？」

「いえ……なんでもないです」

私は持っていたプレゼントを後ろに隠す。

名倉さんは、一瞬私の手元に視線を移したあと、年末年始に開催されるパーティーのスケジュールについて確認を始めた。

普段はきちんと聞いているスケジュールさえも、その日は耳に入らないほど私は落胆していた。

＊＊＊

二〇二四年十二月二十五日：離婚まで残り九十六日

ベッドルームに差し込む光で私は目が覚めた。

悲しい夢を見ていたような気がする。しかし、今日はどんな夢だったのかは思い出せなかった。思い出そうとしても、目の前にある裸の匠さんの胸板のせいで集中できない。

昔は男性の身体なんて嫌悪感しかなかったのに、匠さんに関しては全く違う感情を持ってしまう。

ずっと見て、触れていたい。

寝ているのをいいことに、匠さんの胸板にそっとほおずりする。

起きちゃうかな、でももう少しいいよね……。

「おはよう」

頭上から振ってくる匠さんの声に驚いて慌てて顔を離した。

「おっ、おはようございます。少しはゆっくり眠れましたか？」

「あぁ、ぐっすり。人の体温って安心するんだな」

彼が私を抱きしめ、また胸板が頬につく。さっきも少しドキドキしていたけど、今の方が頭から全身に鼓動が響き渡っているようだ。

匠さんは私の額に口づけ、顎に手を添えて上を向かせると、唇にキスをした。

「んっ……」

昨夜の情事の続きかというくらい濃厚なキスのせいで、彼がいたお腹の奥がきゅうんと反応した。

唇を離すなり、匠さんは私の顔をじっと見ていた。私は自分が今少し期待を抱いてしまったことを見抜かれるのが嫌で、彼から視線を逸らす。

匠さんは優しく髪を撫でながら、少し眉を下げた。

「これじゃ、朝からまた抱きたくなってしまうな」

そうしてほしい、とすぐさま思ったけれど、考えてみれば、お互い今日も仕事があるのだ。

「えっと、私……朝食作りますね」

名残惜しさを残しながら、匠さんの胸の中から出る。

ふいに自分がまだ裸であったことに驚くと、匠さんがクスクス笑ってブランケットを差し出してくれた。

私はお礼を言ってそれを受け取り、身体に巻いて洗面所にかけこんだ。

シャワー後に朝食の準備にとりかかっていると、同じようにシャワーを浴び終えた匠さんが着替えて出てきた。ネクタイには昨夜私が贈ったタイピンがつけられている。

よかった……。すごく似合ってる。かっこいい人は何を身に着けても様になるよね。

そう思いながら私は微笑んだ。

二人で朝食を取ったあと、名倉さんが部屋にやってきた。

予定より少し遅れているのだろう。匠さんはリビングで、名倉さんから今日の予定を聞いていた。

ふいに名倉さんの視線が、匠さんのタイピンに移動する。

名倉さんは彼のネクタイに輝くそれを見て、いつもの冷たい表情を少し和らげ、ほっとしたような顔をした。

二〇二四年十二月二十九日：離婚まで残り九十二日
翻訳サービス会社〝リンガエッジ〟の契約社員となって、年末を過ごすのはこれで三回目になっていた。
仕事納めの翌日の昼下がり、私は自宅の最寄りから五駅先にあるカフェにいた。
オープン初日から人気で、なかなか予約が取れなかった店だ。

カフェに入ると、八席あるテーブルは全て埋まっていた。

予約席に案内され、少し緊張しながらも約束の人物を待つ。

出てきてくれるといいけれど……。ダメでも、また次の機会でいい。

外で待ち合わせができるようになるまで、三年近くかかったのだから焦らずにいこう。

彼女から最初に連絡が来たのは、匠さんとの結婚が決まってすぐのことだった。

誰とも連絡を取っていないと聞いていたのに、『どうしてもお祝いを言いたくて』と連絡をくれた。やっぱり、優しいところは何も変わっていないんだな、と思った。

それから彼女とは、電話とメールだけのやり取りが続いた。

一年前、『いつか外で会って、食事をしてみたい』という彼女の言葉に、私は希望を見出した。

そして、それから一年――。

『ダメでも大丈夫なので、今年中に一度、ランチしに行きませんか？』

そう言って、ようやく今日、彼女と外で食事をする約束を取り付けたのだ。

カフェの扉が開き、長い黒髪に黒いワンピースを着た、痩せた女性が入ってきた。女性は、おどおどと視線を左右に動かしている。

「静香さん、こちらです」

私は手を上げて女性の名前を呼んだ。

彼女は前島《まえしま》静香さん。

身長は私より少し低い、一五七、八センチほど。しかし、猫背のため実際よりも小さく見えた。

彼女と直接会うのは、四年ぶりだ。

もともと細身の女性だったけれど、今はさらに痩せていて頼りなく、強い風が吹けば飛んでいってしまいそうだ。

化粧はしているものの、目元がくぼんでいて、私より三つ年上の二十九歳とは思えないほど、疲れて見えた。

静香さんは私の顔を見てほっとした表情を浮かべ、こちらに向かって歩いてきた。

「待たせた？」

「いいえ、全然。それより、出てこられてよかったです」

「そうなの。外が寒くて驚いちゃった。もう冬なのね……」

静香さんは席に着くと、窓の外の景色に視線を向けた。

——彼女は、匠さんの兄・凌牙さんの元妻だった。

昔から、パーティーで静香さんと会えばよく話をした。

姉のいない私に、「姉がいたらきっとこんな感じなんだろうな」と思わせてくれる優しい女性だった。

彼女の結婚生活がどんなものだったのか、私は知らなかった。だけど凌牙さんとの結婚生活を過ごすほど、彼女の表情はどんどん暗くなっていった。

離婚して実家に帰ったあとも、部屋からほとんど出られない。その上、自分を責め続ける彼女は、相当辛い思いをしたのだろう。

昔のように笑ってくれなくなった静香さんに会うと、私は凌牙さんへの怒りがさらに込み上げてきた。

しかし彼女にはもう、凌牙さんのことは忘れて楽しい人生を送ってほしい。

私はできるだけ明るい声で話しかけた。

「ここ、ランチプレートが美味しくて、かわいいって有名なんです。それにしますか？お肉とお魚も選べますよ」

「そうね……でも、食べきれるかしら」

「予約の時に聞いてみたら、少なめや半分の量で頼んでもいいようなんです」

「じゃあ、そうしようかしら」

二人でお肉とお魚のランチプレートを、一種類ずつ頼んだ。静香さんはお魚で、半分くらいの量で、と注文した。

注文を取った店員さんが立ち去ったあと、静香さんは口を開いた。

「もうすぐ期限なのよね」

私は静かに頷く。

実は二年前、静香さんにだけは契約結婚のことを話していた。

匠さんは少し難色を示したけれど、静香さんに嘘をつく気になれなくてお願いしたのだ。

何とか承諾してもらい、私は静香さんに、彼と一緒に住んでいないことと、三年の期限があることを打ち明けた。

「契約結婚って聞いた時は驚いたけれど、匠さんらしいなと思ったわ」

「そうですよね。しかも、それで本当に役員になっちゃうんですから……」

結婚生活ではほとんど会わなかったようだが、静香さんは、一時でも匠さんの義姉だった。私よりも匠さんのことをよく知っていると言えるだろう。

「あの、それで……実は今、匠さんと一緒に住んでいるんです」

そう言った途端、静香さんの表情が驚きに満ちる。

「どうして？　別居して、三月末には離婚するって話だったんじゃないの？」

「私にもよく分からないんです。だけど、今の匠さんは離婚を回避したいようなんです。何か事情ができたんだと思います」

一緒に住み始めてからの匠さんの表情や言葉を思い出すと、そこに多少の愛情も混じっているように感じてしまうけれど、彼は演技が上手すぎるだけだろう。

「事情って……例えば、もっと出世したくなった、とか？」

「社長になって、グループの役員になれたのにですか？」

「七城家の人間は、幼い頃から常にトップを目指すように教育されるのよ。つまりグループ内でいえば、会長を目指すように言われて育っている。凌牙さんもそうだった」

確かに凌牙さんは『俺はもっと上に行くべき人間だ』と口癖のように言っていたことを思い出す。

匠さんは凌牙さんみたいにあからさまに口にはしないけれど、凌牙さんとは同じ家で育った兄弟だ。目標として考えていてもおかしくない。

「確かにそうかもしれません」

「トップになりたいと思うなら、結婚だけじゃなくて、跡取りのことも真剣に考えなきゃいけないし、このまま結婚を継続させたいって思うわよ」

「跡取り……って子どもを作るってことですよね」

そういえば、匠さんと初めて身体を重ねた夜、『このまま避妊せずにしないか？』と彼が突然聞いてきたことを思い出した。

「子どもの話をしたことはあるの？」

「少しだけ……」

「やっぱり」

静香さんは頷いた。

――匠さんが急に脅してまで結婚を継続したいと言ったのは跡取りが欲しかったんだ……。

理由がはっきりして、妙に納得したけれど寂しさが強く残った。

ちょうどその時、頼んだ食事が運ばれてきた。

大きな白い丸皿の中央には、トマトソースのチキンステーキ。静香さんの料理は白身魚のムニエルだ。

その隣には、葉物野菜をベースにしたサラダに、スライスしたラディッシュ、赤や黄色のミニトマトとパプリカで華やかに彩られている。さらに小さなカップに入ったコーンスープ、バターの香りがするライスが盛られていた。

「美味しそうね」

静香さんが微笑んで、私まで嬉しくなる。

「はい。いただきましょう」

二人で、いただきます、と手を合わせてから食べ始める。静香さんはゆっくりだけど確実に食べ進めていてほっとした。

食後、コーヒーを飲んでいると、静香さんは窺うように聞いてきた。

「あやめさんは匠さんのこと……好きなのよね？」

私は戸惑った。だけど私が彼を好きなのは事実だ。

「はい」

「それなら、匠さんとの子どもができると嬉しいわよね」

「それは……あの、なんていうか……。私は子どもというよりも、彼に少しでも私を好きになってほしくて……。贅沢だとは分かっているんですけど……」

口に出してみてよく分かった。自分がどうして寂しいと思ったのか。

匠さんが子どもが必要なのは理解できる。でも、彼の気持ちが先に欲しいと思ったのだ。

「自分の好きな人の子どもが産める。それだけで幸せでしょう?」

静香さんは確信したようにはっきりと言う。それもそうかもしれないけれど……私にとっては少し違う。

「……私の場合、頑張っても子どもができなかったんだけど。私がダメなばかりに、彼には本当に申し訳ないことをしたの」

そう言って、静香さんは窓の外を見た。

私はてっきり愛のない結婚だと思い込んでいたけれど、静香さんは凌牙さんが好きだったのだろうか……。

結婚した当初の彼女の笑顔を思えば、それもあったのかもしれないと思える。

静香さんは寂しそうに微笑むと、優しく言葉を続けた。

「彼の上を目指す思いは変えられないのだから……あやめさん自身が、これからどうしたいのか真剣に考えてみたらいいわ」

二〇二四年十二月三十一日：離婚まで残り九十日

大晦日の夜、私は自宅に一人でいた。

匠さんは会社の会合があるらしく、食事はいらないと言われている。

昨日から仕込んでいるおせち料理の続きを作り、家全体を掃除した。

夜になってなんとなくテレビをつけると、歌番組が放送されている。アイドルたちが楽しそうに歌っているのを見て、少しだけ気分が明るくなった。

契約結婚を始めてから、毎年、大晦日は一人で過ごしてきた。

今年はもしかしたら、一緒に除夜の鐘を聴けるかもしれない。そんな淡い期待を抱いていたけれど、匠さんはこの日も仕事で忙しいようだ。

彼が頑張っているのは分かっているけれど、体調が心配になる。

彼の中には常に目的があって、無理をしてしまうのもそれを達成するためだ。

私との結婚を続けたいというのも、全ては彼の目的を果たすため。

——彼の上を目指す思いは変えられないのだから……あやめさん自身が、これからどうしたいのか真剣に考えてみたらいいわ。

静香さんの言葉が頭の中で蘇る。

「私が、どうしたいか……か」

思わず呟いたその時、玄関の鍵が開く音がした。

私は考えるよりも先に玄関へと走った。

「おかえりなさい」

匠さんが、ふらふらと玄関に入ってきた。少しお酒の匂いがする。酔っているようだ。

しかも突然私に抱き着いてきた。慌てて抱きとめると、二人とも玄関で倒れそうになる。

間一髪、匠さんが支えてくれたおかげで何とか倒れずに済んだ。

「あやめ……ただいま」

「匠さん、寝室まで歩けますか？」

「ああ、いける」

匠さんは、キリッとした表情をしたかと思うと、ふらふらと歩き出した。

危なっかしい足取りで匠さんが向かった先は、寝室ではなくリビングだった。

彼がソファに倒れ込んだので、私は冷蔵庫からペットボトルの水を取り出し、差し出した。

「匠さん、大丈夫ですか？　これ、少しでも飲んでください」

「ありがとう」

彼はそう言って水を受け取ると、少しだけ飲んでローテーブルに置いた。そして、そのままソファに横たわってしまった。

「ソファじゃなくて、ベッドまで行きましょう」

「うー……ん。あやめ……」

「なんで、私の名前を呼ぶんですか……。酔ってまで演技しなくても大丈夫ですよ」

こんな状況なのに、名前を呼ばれて顔が緩んでしまう。そんな自分が恥ずかしい。

とりあえず、匠さんにブランケットをかけた。そして、まだ何か呟いている匠さんの横に座ってその声を聞く。

何かの言葉に混じって、時々「あやめ」と聞こえる。それを、ずっと聞いていたいと思った。

出世が一番な彼の中に、私の存在も少しは含まれているようで嬉しかった。

いつの間にか私も眠くなっていたらしい。

ぼんやりとした意識の中で、除夜の鐘が鳴る音が聞こえた。

二〇二五年一月一日：離婚まで残り八十九日
「昨夜は大晦日なのに、本当に申し訳なかった！」
朝から匠さんに頭を下げられ、私は目をぱちくりとさせた。彼は、昨夜の記憶があまりないようだ。

「まさか大晦日に酔って帰ってきて、そのまま寝てしまうなんて……。あやめにも迷惑をかけなかったか？」

「特に迷惑はかけられていないですよ」

「そうか……？」

匠さんは、まだ少し落ち込んでいる様子だ。

「普段、気を張ってばかりでしょうから、家ではどうぞ気を抜いてください。そうしないと体力が持ちませんよ」

「……ああ、ありがとう」

「それより二日酔いは大丈夫ですか？　頭は痛くないですか？」

「大丈夫だ。先にシャワーを浴びてくる」

そう言うと匠さんは浴室へ向かっていった。

その後、おせちを食べる前に、お酒を使わないお屠蘇《とそ》を作って二人で飲んだ。

「こういう味のお屠蘇は初めてだな。うまいよ」

「さっき調べて作ってみました。正式には今日から社長就任ですし。お祝いもかねて」

私は真っ直ぐに匠さんに向き合う。

「七城データの社長就任、本当におめでとうございます」

ゆっくり頭を下げた。

実は十二月の始めに、彼から社長になると電話をもらった時から今日まで、就任パーティーの日にもお祝いを言えていなかったのだ。

この関係が終わってしまう寂しさの方が勝ってしまって……。

本当は一番に彼をお祝いしたかったのに、うまく伝えられなかった自分が歯がゆかった。

――でも、やっと言えた。

「ありがとう、あやめ。あやめのおかげだ」

匠さんは微笑んでそう言ってくれる。

少しでも彼の力になれていたなら本当に嬉しいと思った。

それから一緒におせちを食べた。黒豆、田作り、昆布巻き、栗きんとん、だて巻きや煮しめなどをほんの少しずつ。

落ち着いた頃、「初詣に行かないか」と匠さんが誘ってくれたので、行くことになった。

元旦の今日は、就任日といえど、彼も休みだ。

神社に着くと、やはり元旦とあって境内は人で溢れかえっていた。少し歩くだけで人に押され、匠さんと距離が空いてしまう。

困ったな……。このままじゃはぐれてしまう。

「あやめ、大丈夫か？」

彼は私の手を強く握り、心配そうな顔をして私を見ていた。

「はい」

彼に引っ張られるようにして隣に並ぶ。

その後も、匠さんは、私を見失わないようにしっかりと手を繋いでいてくれた。

周りを見渡すと、同じように手を繋いでいるカップルや夫婦ばかり。

私たちも本物の夫婦に見えているのだろうか？

参拝までの待ち時間は、ドキドキして過ごしたせいか、あっという間に過ぎた。

私は、手を合わせて神様に祈った。

――匠さんが、これから私を一人の女性として、好きになってくれますように……。


二〇二五年一月十八日：離婚まで残り七十二日
朝、目が覚めると匠さんの顔が間近にあるのにも少し慣れてきた。

とはいえ、抱き合った翌朝の雰囲気は気恥ずかしさがどうしても混ざる。

目の前で寝ている匠さんの端整な顔を見ていると、この神々しい顔立ちの人とあれこれしたのが信じられなくなる。

だけど、いつだって身体には、彼と愛し合った証が鮮明に刻み付けられていた。

私はその証を見る度、恥ずかしいのに嬉しくなってしまう。

「あやめ、おはよう」

匠さんが目を覚ましたらしく、彼は頬を緩めながら私を抱きしめた。

「オハヨウゴザイマス」

不自然になった私の言葉に気付いたのか、匠さんはふっと笑った。

「あやめ、どうした？　まさかまだ照れてる？」

「照れてなんてないですよ。慣れてきましたし」

「ふうん、ならよかった」

クスクス笑いながら言われて、顔を逸らした。

彼の演技はとにかく上手いけれど、こうして意地悪を言ってこちらの羞恥心を高めるのは、何のための演技なんだろう？

目的は分からないけれど、とにかく落ち着かないので彼の腕の中から抜け出そうとした。

しかし、匠さんの手は私の裸のままの胸に触れる。

「ぁんッ……やッ……」

「慣れてきたんだろ」

くりくりと私の弱い胸の先端を弄る。親指と人差し指で強弱をつけながら触れられると、私はさらに冷静でいられなくなる。

続けたい気持ちもあるけれど、これ以上、この行為に溺れるのもなんだか怖かった。

――演技だと割り切れなくなっていくみたいで……。

彼に意地悪されながら、私は何とか言葉を紡ぎ出す。

「ンッ……匠さんっ、あの、今日、お休みだし、ふぁっ……お出かけしませんっ、か?」

「出かける?」

「はい。せっかく……だしっ……!」

「……そうだな、あやめがそうしたいならそうしよう」

よかった、と私は息を吐く。

しかし、そうしようと言ったくせに、匠さんの手はするりと私の太ももに触れた。熱い指先にビクンと身体が跳ねる。

「えっ、さっき出かけるって言いましたよ?」

「あぁ、でもこのままだとあやめは辛くない?」

「そんなことなっ……はぁ……んっ!」

私の太ももの間に手が入ると、クチョッと粘着質な音がする。一気に私の頬が熱くなった。

「はぁっ……違っ、ちがうの……」

「何が違う? ここが期待して膨らんでること?」

口角を上げた匠さんは、私の一番弱い蕾に触れ、指の腹で優しく撫でた。そこが十分硬くなっていることを知らしめるように苛めてくる。

溢れ出てくる愛液を掬い上げ、敏感な部分に塗りつけてまた弄る。

「ンッ、匠さん……」

気付けば、私はすがるように匠さんの首に抱き着いていた。

「イキそうだな。……イクって言ってみて」

「そんなっ、んんっ……恥ずかしっ……！」

「もっと気持ちよくなれるから、ほら……」

分かっているとばかりに、匠さんの指を動かす速度が上がる。

最後に優しく摘ままれれば、一気に絶頂に導かれる。

「も、ダメッ……っく、イクッ！」

イクと言った途端、ガクガクと壊れたように身体が揺れる。そんな私の身体を、匠さんは優しく抱きしめた。

一気に全身から力が抜け、脱力した私の額に、ちゅ、と軽いキスをする。

「うまく言えたな」

視線を上げると甘い眼差しで彼がこちらを見ていた。

まるで大好きな人を見ているかのような瞳。彼の演技は母親譲りのものなのか、私とは全く次元が違った。

「あやめ、落ち着いたら出ようか」

「……はい」

肩で息をし、ぼーっとなりながら私は頷いていた。

それから二時間後、私たちはプラネタリウムの入口に立っていた。

家を出る前、「デートで行きたい場所は？」と聞かれて、私はふとクリスマスの夜の思い出がよぎって「夜に出かけたい」と答えてしまった。しかし、まだ朝だったのだ。

そんな私に、匠さんが選んでくれたのがここだった。

「確かにここなら夜みたいですね」

「そうだろう？」

匠さんは目を細めて微笑む。その瞳に心臓が高鳴り、思わず視線を逸らした時、大きな泣き声が耳に入った。

「ママぁ！」

三歳くらいの男の子が泣いている。どうやら迷子らしい。一瞬戸惑う私をよそに、匠さんはすぐに男の子のもとへ駆け寄った。膝を折り、男の子に視線を合わせる。

「君、名前は言える？」

「そ、うま」

「そうまくん、お母さんはどんな人かな？　服の色とか覚えている？」

「あか」

匠さんが冷静に男の子に話しかけているのを見て、私も慌てて駆け寄った。

「探しながら迷子センターに行きましょうか？」

「そうだな」

二人で頷いたその時、赤いニットの女性が走り寄ってきた。

女性はそうまくんの母親だったらしく、彼を抱きしめたあと、何度も頭を下げて謝る。

匠さんは穏やかに微笑んで言った。

「大丈夫ですよ。見つかって本当によかった」

その言葉に、私の胸はじんわりと温かくなった。自然と彼に目を向けると、優しい眼差しに惹きつけられてしまう。

「じゃ、行こうか」

そうまくん親子を見送った匠さんが私に手を差し出す。その手を取り、私は彼と並んでプラネタリウムの中に足を踏み入れた。

扉の向こうには静寂と星空が広がり、椅子に腰掛けると匠さんからふわりと毛布が手渡される。

「これ、足元冷えるからって入口で貸し出ししていた。使って」

「ありがとうございます」

優しすぎて、幸せすぎて……怖いくらい。

さらに暗がりの中、隣に座る彼の笑顔がひときわ輝いて見えた。上演が始まる前から胸がドキドキして仕方がない。

上演が始まり、星空の下で流れる音楽に身を委ねていると、ふと手が触れ合った。そして、その手をぎゅっと握られる。

――温かい。この人の隣にいると、こんなにも安心できるんだ。

彼の優しさに包まれたそのひとときは、どこまでも穏やかで心地よいものだった。

正直、彼が私に愛情を抱いていないのに、結婚生活を続け、子どもまで欲しがることをどう判断していいのか悩んでいた。

愛情のない二人にできた子どもはどう思うのだろうって……。

でも、さっき子どもに接していた彼や、今までの彼との関わりを考えると、彼の優しさに包まれて育つ子どもは幸せになれるような気がする。

私はそう感じ始めていた。

上演後は、二人で手を繋いだままウィンドウショッピングをして一日が過ぎた。

帰ろうとした時には遅くなっていたので、匠さんの提案で、夕食も外で取ることにした。

食事のあと、ドキドキし疲れたのか、帰りの車の中で私はいつの間にか眠ってしまっていた。

深い場所へと落ちていく感覚。遠い過去の、深い記憶の彼方へ――。

＊＊＊

春の陽射しが柔らかく街を包む朝。

風が吹いて近くの公園にある桜の花びらがひらひらと舞い落ちてくる中、兄の荷物を積んだ引っ越しトラックの発進する音が響いた。

「じゃあ、いってくる」

目の前には高校進学で今日、実家を出る兄。いつも学校に行く時と同じ声の調子が、その日はやけに悲しく思えた。

何とか納得していたはずなのに、まだ小学生の私は結局寂しさが勝ってしまった。

「やだ、行かないで！」

「……これ、大事だから、特別な時に使おうって思ってたんだ」

兄は一枚の紙を私に差し出した。

【なんでもいうことをきくけん】と書かれた紙は、私がクリスマスに兄に毎年プレゼントしているもの。

それを兄が使ったのはその時が初めてだった。

「戻ってくるから、それまで泣かずに元気に過ごしていて。いい？」

「……うん」

涙を堪えたけれど、結局堪えきれずに泣いた。それでも頷くと兄は優しく笑った。

「よし」

「まだたくさんあるでしょ。早く帰ってきて使ってね」

「分かってるよ。帰ってきたらあれで、あやめをこき使うつもりだからな。じゃ、行ってきます」

暖かな風が吹き抜ける中、兄を乗せた車が少しずつ小さくなっていった。

私は見えなくなってもその後ろ姿に手を振り続けた。

私が兄を見たのは、それが最後だった——。


笑顔の兄を見送ってから、一年も経たない冬の日。

「まさかこんなことになるなんてねぇ」

女性の声が耳に届く。声の主に視線を向けると、好奇心丸出しの目でこちらへ近づいてくるのが見えた。

「お兄さん、かわいそうに。プレッシャーも大きかったんでしょ？」

その女性は、席に着いたあとも、自分の隣に座った人に話しかけていた。

「警察では事故って判断されたみたいだけど……ねぇ」とか、「成績も落ち込んでいたみたいだし」などと好き放題に噂話をしている。

小さな声で話しているつもりだろうが、声が大きくてこちらの耳に届いてしまう。

隣に座る父は、黙り込んで唇を嚙み締めていた。

私は、祭壇の中央にある遺影の中の兄の顔を見つめた。

そこに写る兄は無表情だ。

私以外の前では、決して笑顔を見せなかった兄。だから、写真に残る彼も笑っていないものばかり。

私はもう一度、兄の笑顔を見たくなった。

父は仕事で忙しく、母も私が生まれてすぐに亡くなったので、誰もいない広い家でいつも兄と二人きり。

私は何でも兄に話した。困ったこと、悲しいこと、嬉しいこと……。何か変化があれば一番に気付いてくれたのも兄だった。いつも、私が泣くと慰めてくれたのも兄だった。そして私が泣き止むと、兄は本当に嬉しそうに笑ってくれた。

そんな兄が、もういない。

手の甲に涙がぽつりぽつりと落ち、やがて止まらなくなった。

——いつも私を助けてくれたのに、私は一度も兄を助けられなかった。

時間が経ち、悲しみは少しずつ薄れていった。

けれど、私は兄を救えなかった後悔から、常に相手の気持ちを表情から読むようになっていた。


——やっぱり今日もつまらない……。せっかくなら文化祭の準備をしたかったなぁ。

時は流れ、高校一年生の秋。

私はこの日も七城グループのパーティーに無理やり参加させられ、会場内でぼんやりと考えていた。

今日は七城グループ全体の創立記念パーティーらしい。

そもそも、七城グループの周年系のパーティーは、グループ全体でも、傘下の企業でも、毎年開催されているので数えきれないほどある。

その上、五年に一度は規模が大きくなり、十年に一度はさらに規模が大きくなる。

グループの起源から数えて百二十周年の今回は、政治家や有名人まで来ていて、いつもよりさらに豪華絢爛だった。

だけど私の頭の中は、この豪華なパーティーのことよりも、来週の文化祭のことでいっぱいだった。

普段は、家と学校と習い事の往復だけ。だから、文化祭や体育祭などの学校行事が、私にとって一番ワクワクするイベントだった。

去年は近所の子どもたちが、学校が休みだから遊びに来てくれたと言っていた。

そんなことを考えてワクワクしていると、私を現実に引き戻す声が聞こえた。

「あやめちゃん、綺麗になったなぁ。彼氏でもできた？」

見上げると、目の前には凌牙さんが立っていた。

いつも通り、彼は私の足元から頭の上まで不躾な視線で眺めてくる。去年くらいからずっとそうだ。

言葉には出さなくても、その視線で私の身体を品定めしているのが分かった。

一瞬で嫌悪感が込み上げてきて、私は視線を逸らし首を横に振った。

「いえ……」

「もったいない。その顔と胸ならモテるだろうに。もうEカップくらいある？」

大きな声で言われて、顔がカッと熱くなった。

大きくなり始めた胸がいまだに成長を止めてくれないのが、今、一番の悩みなのに……。

逃げるようにその場を去ると、「照れちゃって、かわいいな」という声が後ろから聞こえた。

私のコンプレックスを、面白おかしく言われたのが本当に嫌だった。

せっかく楽しい想像をしていたのに、邪魔をされたことも不快だった。

「あやめさん、大丈夫？　顔色が悪いわ。少しこっちで休んでいて」

そんな時、いつも声をかけてくれたのは静香さんだった。

あの頃は、まだ彼女は凌牙さんと結婚しておらず、痩せ細ってもいなかった。

「ありがとうございます」

静香さんは私を会場の外にあるロビーのソファへと案内し、そして、すぐにジュースを持ってきてくれた。

「ゆっくりして。元気が出たら、戻っていらっしゃい」

静香さんは、優しく微笑んで会場へと戻っていった。

時々パーティーで会うだけなのにいつも気遣ってくれる、優しい静香さんに私は憧れていた。三つ上なだけなのに、すごく大人に見えた。

もし、私に姉がいたら、あんな感じなのかな……。

兄がいなくなってから、パーティーで静香さんに会うとなぜか安心した。

彼女のおかげで、嫌な思いばかりするパーティーに、何とか最後まで参加できている。

深く息を吸い込んだ。やっぱり、会場の外は空気が違う。

「もう、帰りたい……」

そう思ったけれど、パーティーを抜け出す勇気はなかった。

父がここで会社の利益のために奔走していることを、私は知っていた。

私にできるのは、ただじっと我慢すること。

はぁ、と息を吐くと、ふいにフロアで英語が聞こえた。視線をやると白人の男女がいて、何かを探しているようだ。

英会話を習っていることもあり、私はつい話しかけていた。

「Is there anything I can do to help?」

「I'm looking for the Suzaku-no-ma」

「Oh, you're looking for the Suzaku Room?　Let me show you the way」

どうも朱雀《すざく》の間《ま》という宴会場を探しているようだ。私はこのホテルには何度も来ていてそれがすぐにどこか分かったので、一緒に連れていってあげた。

朱雀の間では、別のパーティーが開かれていた。

彼らは笑顔で「ありがとう」とたどたどしい日本語で言い、最後に握手を交わした。

私は英語で話すのは好きだった。どこへ行くにも自由がない私にとって、英語を話している時だけが、唯一外の世界と繋がっているような気がしていたからだ。

本当に行けるわけではないけれど、言葉は自由だ。いつの間にか鬱々とした気分も晴れていた。

会場に戻ろうとしたその時、一人の男性がこちらへ歩いてくるのが見えた。

――凌牙さんの弟、匠さんだ。

小さい頃は、兄も含めて何度か話した記憶がある。でも大きくなってからは、ほとんど話していなかった。

彼は今、国内最難関の大学に通っていて、在学中に留学もしたらしい。だから、久しぶりに見かけたのも当然だろう。

彼が凌牙さんの弟だと知っていたので、私は警戒していた。

ちょうど目が合う。ドキリと心臓が跳ねた。

するとゆっくりと近づいてきた匠さんに話しかけられる。

「篠崎あやめさん、だったよね」

「はい……」

彼が何か考えた素振りをして、少し緊張する。

いつものように目の前の相手が何を考えているのか読もうとしたけれど、彼の表情からは一切何も読み取れなかった。

そんなこと初めてで、ゴクリと唾を飲み込む。

何を言われる？　凌牙さんのように不躾で嫌なことを言われるだろうか、とさらに警戒してしまう。

しかし、彼が放ったのは想像していた言葉とまるで違った。

「留学したことあるの？　さっき声が聞こえて綺麗な発音だなと思ったんだ」

「あ、ありがとうございます。でも、留学したことはなくて……週に二回、英会話に通っているだけなんです。匠さんは、確か大学から留学されているんですよね」

「俺のことも知っていたんだ。あぁ、先週ロンドンから帰ってきたところ。話せるけど、あやめさんほどにはならなかったな。君は耳がいいのかもな」

私は正直驚いた。

七城の男性たちは『女が勉強しても生意気になるだけ』と大抵言うから。

匠さんは、「引き留めてすまなかった」と言ってあっさり会場に戻っていく。

私はぼんやりと彼の後ろ姿を見つめていた。

──匠さんは七城グループの他の男性とは違う……。

話している時、私の身体をじろじろ見ないのも、それに、彼氏ができた？　とか、かわいくなったね、とか、気軽に言われないのも心地よかった。

年上の男性に「さん」付けで呼ばれたのも初めてだった。

ちょうどその時、二人の女性がお手洗いのあたりからこちらへ小走りにやってきた。

四十代後半から五十代前半に見えるその二人は、七城グループ関連会社の社長夫人たちで、噂好きで有名だった。

二人は、周りに聞こえないように、小さな声で私に尋ねてきた。

「あやめちゃん。さっき、匠さんと話してなかった？　何を話してたの？」

「話したといっても、ほんの少しだけで、他愛のない話ですよ」

「少しだけでも人と話したがらない人だから驚いたわ。彼は徹底した合理主義者なのよ。無駄なことはしない。だから、無駄な会話も愛想笑いもしないでしょう」

「だからって、別に悪い人ってわけじゃないでしょうし」

私の兄も周りの人に微笑むことはなかった。だから、冷たい人だという印象を持たれていた。

でも、実際はそんなことはなかった。匠さんだって、本当のところは分からない。

きっと、悪い人じゃない——そんな予感だけはしていた。

しかし、私の言葉を否定するように、女性の一人が眉をひそめた。

「いや、あの人はあの女狐の息子だから……本当に何をされるか分からないわよ。気付いたら、会長にも取り入っていたんだから。あやめちゃんみたいな若い子はすぐ騙されるから、特に気をつけなきゃ」

「そうよ、匠さんは後妻の子のくせに虎視眈々と七城家を乗っ取るチャンスを狙っているんだからね」

「若い頃は、危ないタイプの男に惹かれるものだけど、絶対に関わらない方がいいわよ。不幸になるわ」

二人は口々にそう言った。七城家の他の人たちと同様、彼女たちも匠さんには良い感情を抱いていないようだ。

戸惑う私に、二人は「分かったわね」と念を押すと、会場へと足早に戻っていった。

それから二年半ほどが経ち、高校を卒業した私は、外国語大学に進学した。

もともと語学は好きだったけれど、匠さんに耳の良さを褒められてから、さらに好きになったのだ。

父も大賛成というわけではなかったけれど、最終的には大学進学を許してくれた。

会社の経営がうまくいっていないのに、私のわがままを聞いてくれた父には、本当に申し訳ないことをしたと思う。だからこそ卒業後は、ちゃんと父の会社を支えていこう。そう心に決めていた。

大学に入って初めての年、凌牙さんが結婚するという話を聞いた。

しかも、相手は静香さんだと知り、私は心底驚いた。

結婚式にも招待された。それは、とても豪華な式だった。

嬉しそうに微笑む静香さんを見て、私は少しだけ安心した。噂に聞けば、静香さんの方から持ち込んだ縁談だったらしい。

静香さんが凌牙さんのことを好きだったのか、それとも会社の都合だったのか、私には分からなかった。

でも、優しい静香さんと一緒になれば、きっと凌牙さんも変わるだろう……。

そう私は信じていた。

匠さんとは、時折パーティーで顔を合わせれば二言、三言話をする程度の関係が続いた。

大学生の私は、遊ぶこともなく、家と大学の往復の中、ひたすら勉強に打ち込んだ。その結果、首席を維持していた。

大学三年生になると、七城グループのパーティーに連れていかれる度に、父から様々な男性を紹介されるようになった。

きっと、私の結婚相手を探しているのだろう。

紹介される男性は、ほとんどが私よりかなり年上だった。

彼らは私を値踏みするように足元から頭まで眺め、そして必ず胸のあたりで視線を止めた。私の胸は、以前よりさらに大きくなっていたのだ。隠すようなドレスを着ても、目立ってしまう。

じっと見られる度に、心底嫌気がさした。

自分の胸も嫌だけど、こんなに無遠慮に見つめてくる男性たちも気持ち悪かった。

どうして、ここにはこんな人しかいないんだろう。

黙って耐えるのも、もう限界だった。

もし兄がいたら、絶対文句を言っていただろう。それで私はきっと少しはスッキリして……。いつもそう想像していた。

あるパーティーで、七城グループの五十代の男性二人が、私にワインを差し出しながら話しかけてきた。

「あやめちゃんは、来年大学も卒業だって？」

「女の子が大学に行く意味なんてないよ。賢くなればなるほど、生意気になって困る。若いうちに結婚しないと行き遅れるよ。卒業を待たずに結婚してもいいんじゃないかな」

そう言って男たちは笑う。

私はそれを聞きながら、ぐっと堪えてワインを呷った。

二十歳を過ぎてお酒が呑めるようになったのが、せめてもの救いだった。

この場所で、お酒は言葉を飲み込むために呑むものだと学んだ気がする。

男性たちが去っていったあと、後ろから「時代錯誤だな」と低い声が聞こえた。

驚いて振り返ると、匠さんが立っていた。

匠さんは、七城グループ内で一番の成長株と言われている「七城データ」に勤務している。そんな彼は年々、男らしく、逞しく成長していた。

彼が時代錯誤と言った意味は、はっきりとは分からなかったけれど、あの男性たちに好意的な言葉でないことは理解できた。

味方ができたような気がして嬉しかった。

すると、匠さんは表情一つ変えずに続けた。

「しかし、君は表情に感情が出すぎる。言葉で言っているのと変わらない。気をつけた方がいい」

嘘でしょ？　と思った。

私はうまく表情を作って、ニコニコしていたはずだ。言葉だって、ちゃんとワインと一緒に飲み込んでいたのに。

「全然気付いてなかったって顔だな。はっきり顔に『不満だ』って書いてあるよ」

匠さんは、嘘を言っている表情ではなかった。私は少なからずショックを受けて、つい兄を相手にするように本心が口から漏れ出た。

「やだ……。あんなに我慢してたのに、意味なかったんですか？」

突然、匠さんがふっと笑った。

――今、笑った……!?

私は、初めて見る匠さんの笑顔に釘付けになった。

いつも距離を感じていたけれど、彼との距離がぐっと縮まった気がした。

それに、その笑顔は少し兄に似ていた気がした。ずっと見たかった兄の笑顔に……。

「その笑顔……もう少し見ていたい……」

思わず、小さく呟く。けれど、その時にはもう彼は他の参加者に話しかけられていた。

「ああ、匠くん。ご活躍のようだね」

「坂下《さかした》専務。いえ、私などまだまだ未熟者です」

そう言って、匠さんはいつもの無表情に戻り、話しかけてきた男性の方を向いた。

なんと切り替えの早い人だろう……！

そして、それがなんだかおかしくて、その場を離れてクスクスと笑ってしまった。

その後も、何度かそのことを思い出しては笑っていた。

それから私は、パーティー会場で、いつも彼の姿を探すようになった。

＊＊＊

——きっと、あれが、匠さんを気になり出したきっかけだ。

あの頃から、私はずっと匠さんのことを意識していた。そして好きになっていったんだ。

だから契約結婚なんて突然の提案にも頷いた——。

そんなことを思い出しながら、目を覚ました。

すると、匠さんが覗き込むようにこちらを見ていて、私は一瞬混乱した。

夢と現実が入り混じり、ようやく意識が現実へと戻る。

そうか。プラネタリウムのデートでたくさんドキドキして、疲れて帰りの車の中で眠ってしまったんだ。

気付けば車はマンションの駐車場に着いていた。匠さんが私を起こしてくれたらしい。

私は、慌てて口元を確認する。よかった、よだれは出ていない。

匠さんは、私の行動の意味が分かったのか、クスッと笑った。

その笑顔が、あの時初めて見た匠さんの笑顔と重なり、私は目を逸らすことができなかった。

「やっぱり、その笑顔、好き……。お兄ちゃんみたいで」

「俺は、柾さんにはなれないよ」

「ですよね」

「俺は、兄ではなく、夫だからな」

匠さんは大きな手で私の頬に触れた。ドキリと心臓が大きく鳴る。

「だから、デートの最後にキスをしてもいいか？」

その言葉に、私はドギマギしてしまう。

でも、匠さんとキスがしたかったから私は頷いた。

彼は優しく目を細め、頬に触れていた手を私の顎に移動させ、少し持ち上げた。

ゆっくりと、端整な顔が近づいてくる。

そして、そっと唇が触れ合った。今日も長いキスだった。

いつもは、ずっと目を閉じているけれど、今日はなぜか目を開けてみたくなった。

見てみると、目の前の匠さんは瞼を閉じながら嬉しそうに微笑んでいる。

その笑顔は私の心を弾ませた。

唇が離れ、目を開けた匠さんと視線が絡むと、彼はさらに嬉しそうに笑う。

「帰ろう」と、匠さんは私の手を引いてくれた。

エレベーターの中でも、手を握る強さは変わらない。私も同じように握り返した。

なんだか今すぐ抱き合いたい……。

昔はあれだけ男性に性的に見られるのに嫌悪感を持っていたくせに、匠さんにだけはそう見てほしくなっているのだから不思議だ。

家に入ると、匠さんがすぐにまたキスをしてきた。

匠さんの舌が私の口内に入ると、私はそれに自分の舌を絡める。そのまま、玄関になだれ込むようにして、お互いを貪った。

6章：あなたが見せてくれた希望

二〇二五年一月三十一日：離婚まで残り五十九日

「平日に突然ですまなかった」

ホテルの会場に着くなり、匠さんに深く頭を下げられた。

急遽声をかけられ、取引先のパーティーに私も同席することになったのだ。

「いいえ、気にしないでください」

彼の就任パーティーが最後の夫婦同伴パーティーになると思っていたので、私としては嬉しいことだった。

匠さんが柔らかく微笑んで腕を差し出す。私はぎこちなくその腕に手を絡めた。

やけに硬い腕。急に夜の匠さんの腕の中を思い出す。

考えてみれば、これは肌を重ねて、一緒に住み始めてから初めてのパーティーだ。顔が熱くなってきて、思わず彼の方向から顔を逸らした。

するとの匠さんは揶揄うような声を出す。


「初めての夫婦同伴パーティーみたいに緊張しているな」

「だ、だって仕方ないじゃないですか……これまでとも少し違うから」

「そうだな……。それに今日は最初のパーティーと違って、一緒の部屋に帰れる」


匠さんがそう言って笑った。あの時の彼はどう思っていたのだろうか。

私はパーティーのあと、匠さんと離れると思ったらすごく寂しくなった。まだ仕事も始めていなくて、私の世界はあなた一色だったから。

でも、あの日、私はあなたのおかげで世界が広がった。

＊＊＊

匠さんと隣同士に住み始めて二か月が経とうとしていた頃、初めての夫婦同伴のパーティーがあった。

一週間前にドレスやそれに合わせたパンプス、アクセサリーまで送られてきていたので、準備は滞りなく進められたものの、私はその日、ひどく緊張していた。

パーティー開始の一時間前、名倉さんが車で迎えに来てくれて、一緒に会場に向かった。

「緊張されていますか？」

後部座席に座る私に運転中の名倉さんが尋ねた。

「そうみたいです。〝偽の夫婦〟として公の場に出るなんて初めてですし……。どうしましょう」

「匠さんがフォローしてくださいますからご安心を」

きっぱりと彼は言い切る。

しかし、私は以前匠さんに怒られた時を思い出してさらに不安になってしまった。

夜に食事を持っていって怒られたまま顔を合わせていなかったのだ。

「そう、でしょうか。私、以前彼を怒らせてしまったみたいなんです」

「匠さんが？　いつですか？」

「隣に住み始めてすぐに。ご迷惑をおかけしました」

「匠さんが怒るなんて見たこともありませんよ。まぁ他の感情も出さない方ですが」

ということはよほどの怒りだったのだろう。

――やっぱり君じゃ不安だから別の人に偽の妻を頼むよ。

なんて言われたらどうしよう……。

会場であるホテルに着き、エントランスから中に入ると匠さんが待っている。

すぐに以前のことを謝ろうと思って近づけば、匠さんが先に頭を下げた。

「すまない、今日くらいは迎えに行こうと思っていたが仕事が立て込んでしまって」

「いいんです。あ、あの……先月は申し訳ありませんでした」

「何の話だ？」

「夜にご自宅の前で待っていたことです」

「あぁ……いや。こちらこそあの時は声を荒らげてしまって、本当に申し訳なかった」

匠さんはさらに真摯に頭を下げてくる。

そして顔を上げて「驚かせただろう」と探るように聞いてきた。私は首を横に振る。

当然彼はまだ怒っていて、もう切り捨てられるものだと思っていた。だから反応が想像と全く違って、ほっとすると同時に、今度からはあんなことはしないでおこう、と再度しっかり反省する。

名倉さんが「ではお二人とも、参りましょう」と声をかけてくれた。

歩き出そうとした時、匠さんが私の顔をじっと見て止まっているのに気付いた。

「あの……どうされましたか？」

「いいや。今日のあやめは一段と綺麗だなと思っていただけだ。さすが俺の妻だな」

ゆっくり目を細めて彼は言う。

それは〝好きな妻と接する夫〟の完璧な演技で……一気に顔が熱くなった。

さらに、相手役が自分なんかであることに余計に緊張感が増す。

「私……あの、匠さんみたいにうまく演技できないです！　匠さん、どうやってるんですか！」

「……好きな人とか、いなければ大事な人とかを思い浮かべて一緒にいると思えばいい」

好きな人は彼だ。余計に複雑すぎる。

「申し訳ありません。やっぱりうまくできない気がします……！」

「あやめ、うまくできなくていいんだ。失敗してもまだ結婚したてなんだ。慣れないからという理由でいくらでもごまかしが利く」

匠さんはきっぱりと言って私を見た。

その堂々たる態度を見て、それもそうかと妙に納得してしまう。

さすが大女優の息子……。演技のイロハを心得ているのだろう。

私はコクコクと二度頷いた。そんな私を見て、彼は再び目を細める。

「よし、行くぞ。腕を組んでもらっていい？」

「は、はい」

匠さんが優雅に左腕を差し出した。それに私が右手を添える。

触れてみると筋肉質で硬い腕だ。

腕を組んでいるだけなのに、すぐに私の心臓の鼓動ははっきり聞こえるほど大きく、速くなっていくのが分かった。

匠さんが普段より歩幅を小さくしてゆっくり歩いてくれる。私もそれに合わせて一歩踏み出した。

会場に着く頃には、失敗したらどうしようという不安より、匠さんと腕を組んでいる緊張感の方が高まっていた。

彼は平然とした顔をしているが、私はさっきから顔が熱くてポーッとしている。

しかしそのまま、二人で関係者に挨拶して回ることになった。

参加者の顔と名前を完璧に覚えている匠さんのおかげで何とか挨拶も終え、今日のパーティーはおおむね成功と言えるだろう。

でも今度からは、自分もちゃんと参加者の名前を覚えておこうと、名倉さんにリストを用意してもらえるよう頼むことを決めた。

そろそろパーティーも終わりの挨拶、という段になった時、目の前に凌牙さんが現れた。

彼の顔を見て、私は息が詰まる思いだった。

彼とは結婚の両家顔合わせ以降、会っていなかった。その時も、彼はほとんど言葉を発しなかったのだ。

凌牙さんは私たちの組んでいる腕を一瞥したあと、匠さんに向かって口を開いた。

「まさか本当にお前があやめちゃんと結婚するなんてな。どうせ身体目当てなんだろう」

「ただの私の一目惚れです」

匠さんは飄々と言ってのける。嘘だと分かっていても喜ぶように心臓が跳ねる。

凌牙さんは、ふん、と鼻を鳴らした。

「篠崎電機の件も会長に進言したのはお前なんだろう」

「妻になる女性の実家ですから、守りたいと思うのは当然です」

「俺が狙っていたものを取るなんて覚悟してのことだろうな。俺が将来会長になれば、間違いなくお前とお前の会社から潰す」

「ご自由にどうぞ。それが七城家のルールですから」

凌牙さんは匠さんを睨んだあと、舌打ちをしてその場を去っていった。

隣にいた私にはバッチリ二人の会話が聞こえていて、匠さんにおずおずと尋ねる。

「匠さん、本当に大丈夫ですか？」

「あやめは気にするな」

匠さんはこんな時でも、最愛の妻にかけるような優しい声をかけてくれた。

――こんな時くらい、演技なんてしなくていいのに。

「でも、ご兄弟ですし……なによりお仕事でも関わりがありますよね。〝覚悟してのことだろうな〟という言葉も引っかかります」

「もし仕事で足を引っ張られたとしても、特に問題はない。そんなに心配してくれるなんてあやめは優しいな」

「優しいというわけじゃ……」

「あやめに心配してもらえて俺は嬉しいよ」

その笑顔とセリフがとにかく心臓に悪すぎて、私はただただドキドキしてしまった。

もしかして私に心配をかけないためにこうして演技しているのだろうか。そうであれば、本当にすごい人だと思う。

「そんなに演技がうまいと、どんな商談も成功しそうですね」

皮肉で言ったつもりなのに、彼は「だといいがな」と嬉しそうに目尻の皺を深める。

ソワソワして落ち着かないから一刻も早くその顔をやめてほしい、と本気で思った。


やっとパーティーが終了し、名倉さんに車で自宅マンションまで送ってもらった。帰りは匠さんも一緒だ。

もう半日隣にいるのに、一緒に車の後部座席に乗っているだけでまだドキドキが止まらない。これまでも好意は寄せていたけれど、今日のパーティーを経てさらに好きになっている気がする。

何を話したらいいのか分からず、微妙な沈黙が続いた。

隣に座る彼の存在が近すぎて、腕がほんの少し触れただけでもまた心臓が跳ね上がる。

窓の外を見て気を紛らわせようとしたけど、どうしてもガラス越しに彼を見てしまう。薄く反射している姿までかっこいいとか、もうどうなっているのだ。本当にいい加減にしてほしい。

もはや怒りすら覚えていたら、彼が窓の方を向いて、ガラス越しに目が合う。そしてふっと微笑まれてしまった。

咄嗟に目を逸らした。こういう時どうすればいいのだろう。ちら、ともう一度窓を見ても、まだガラス越しにこちらを見ている。

「な、なんですかっ」

「今日は疲れただろうと思って」

「大丈夫です。それよりも、うまく演技できなくてすみませんでした」

「いや、上手かったよ。新妻の演技」

何を思い出したのか、彼がクスリと笑う。

それは褒めているの？　それとも揶揄っているの？

ドギマギする私に運転していた名倉さんが淡々と追い打ちをかけた。

「そうですね。腕を組んでいるだけなのにあまりにも奥様の顔が赤かったので、皆さん、その初々しさを微笑ましく感じられていたようです」

「なっ、え、違います！　顔、赤くなかったですし、ほ、ほら、赤いとしたら……料理のせいです！　今日の料理の辛さは次元が違いましたっ」

思わず反論すると、匠さんが吹き出した。名倉さんまで笑いそうになっている。

「なんですか……」

「そうだな、あやめは緊張で食べられていなかったようだけど、辛そうな料理はあった」

匠さんは愉しそうに目を細め、いらないことを付け足す。

どうせなら知らないふりは演じられなかったのか。

泣きそうになっていると、匠さんと一瞬肩が触れ合った。慌てて少し距離を取ればさらに笑われる。

もう、どうしたらいいのか分からない。とにかく早くマンションについてほしい。

そして彼から離れたい。そうでないと、心臓がもたなくなってしまう。

やっとマンションに車が着いて、運転していた名倉さんは、そのまま帰ると言ってそこで別れた。

さっきは今すぐ離れたいと思っていたくせに、本当にここで別れるとなると急に寂しくなる。

次のパーティーは二か月後だと聞いていた。匠さんと二か月会えないし、話せない。もう少しだけ……話せなくても一緒にいたくなる。

しかし、普段忙しい彼の迷惑になりそうで、引き留める言葉を言えるわけもなかった。

じりじりと焦りが募っていた時、「もしかして、篠崎さん？」と旧姓で声をかけてきた男性がいた。

後ろを振り返ると、匠さんよりも身長の高い男性が立っている。

柔らかな茶髪を流し、鼻筋がすっと通って彫りが深い。いわゆるハーフの顔立ちだ。

そこに少しフレームの大きい黒縁のおしゃれな眼鏡をかけている。眼鏡の下には、二重で茶色の瞳。

眼鏡以外は彼に見覚えがあった。

「……もしかして、椎名《しいな》さん？」

私が言うなり椎名さんは頷いた。

彼の名前は椎名咲也《さくや》さん。

私と同じ年で、私が長年通っていた英会話学校で同じクラスだった男性だ。

私は必死に勉強して上級のクラスにいたけれど、椎名さんは飛び抜けてよくできて、軽々そのクラスにいた感じだった。

母親がアメリカ人で、自宅での普段の会話が基本的に英語だったのだ。

ただ、文法が得意ではないということで週に一度だけ通っていた。

椎名さんは懐かしそうに目を細めると、最近ここに引っ越してきたことを告げた。

「私も最近引っ越してきたの」

「そうなんだ。もしかして結婚して？」

「う……うん。そう。こちらが夫の匠さんで……」

「おめでとう！」

「ありがとう」

三年の契約結婚だけど、嘘ではないし、たまたま会った彼に本当の事情は言えない。

しかし、匠さんの隣で『夫が匠さん』だと告げるのはなんだかすごく恥ずかしかった。

匠さんはパーティーの会場でしていたようにふわりと微笑んだ。

「あやめの夫の七城匠と言います。あやめの学生時代のお知り合いですか？」

「はい。同じ英会話学校に長年一緒に通っていて、すごく懐かしくて……」

「もし、お時間に問題がなければラウンジで少し話していってはいかがですか？」

「是非。しかし夜で心配でしょうし、ご主人も一緒にいかがですか」

「もちろん。二人の邪魔にならないようにするので同行させてください」

匠さんが快諾したことに私は驚いて、心が弾んだ。

――まだ匠さんと一緒にいられる！

椎名さんに会えた偶然に心から感謝した。

ラウンジは、このマンションの住人は自由に使えるスペースで、私たちの部屋より三階下の三十階にあった。

初めて足を踏み入れたが、広々としたラウンジは、四人掛けのソファ席が四席、そして二人掛けのソファ席が六席。一人掛けのカウンター席が十席配列されていた。

静かに流れるジャズの音楽の中、ワインを楽しむ夫婦や、仕事中なのかタブレットを操作している人も見えた。

中央エリアには、コーヒーマシンやティーカップが置かれていて、自由に楽しめるようになっている。

私は人数分のコーヒーを淹れようとした。すると、椎名さんと匠さんも手伝ってくれ、さらに匠さんが私の分まで運んでくれた。

四人掛けの席に着いて、コーヒーを飲みながら話を聞いてみると、椎名さんは今、翻訳サービス会社〝リンガエッジ〟の社長になっているらしい。

椎名さんは匠さんと名刺を交換し、私にも丁寧に手渡してくれた。

「ご主人は七城データにお勤めでしたか。お名前が七城……ということは、七城家の関係者ですか？」

「ええ、そうなんです」

匠さんは頷く。椎名さんは驚いたように目を丸くしていた。そして私の方を向く。

「篠崎さん、お嬢様だとは思ってたけど、七城グループの男性と結婚するなんて本当にお嬢様だったんだ」

「七城グループは篠崎グループとは全然規模が違うんだよ」

私は慌てて胸の前で手を横に振った。

「篠崎さんは今、どこかに勤めてるの？　確か大学は外語大だったよね」

「うん。英米文学を専攻してたけど……私は就職しないままで結婚したんだ」

椎名さんは少し考える素振りをして口を開く。

「もしさ、もし……家庭も大丈夫で、少しでも興味があるなら、うちで働いてみない？」

「椎名さんの会社で？」

「うん。うちさ、そんなに大手ってわけじゃないけど、今、受注も増えてて正直に言って人手が足りてないんだ。仕事の性質上、在宅勤務もしてもらえるし、家庭との両立もしやすいと思う。実際、そういう社員も多いんだ。うちは七割が女性だからね。篠崎さんの英語力は問題ないと思ってる。よければオフィスに、話だけでも聞きに来てくれないかな。もちろんご主人と相談して」

椎名さんが匠さんに微笑みかけ、私の前に置いてある自分の名刺をトントン、と指で叩いた。

それから少し話をして、私たちは椎名さんと別れた。

帰りのエレベーターを匠さんの隣で待ちながら、私は考える。

まさか自分が仕事に誘われるなんて思ってもみなかった。でも、私には働くのは無理だよね……。

悶々と悩んでいるのを見透かしたように、匠さんがさらりと言う。

「椎名さんの話、興味があるなら話だけでも聞いてみればいい」

「え……仕事していいんですか」

「当たり前のことだろう。やりたいならやればいい。俺との契約はパーティーのことだけだし、パーティーがあるのは大抵土日だろう。それ以外であやめの考えや行動を制限するなんてことはしないさ」

きっぱりとした口調が本音に感じられて、実感がじわじわ身体に染み入ってくる。

――そうか、私……仕事をしてもいいんだ。

自分の人生に、〝仕事をする〟という選択肢があるなんて考えたこともなかった。

ただ、匠さんのような完璧な人が仕事をするなら周りにも迷惑をかけないけれど、自分はどうだろう。

社会経験もなく、周りに迷惑をかけてしまうかもしれない。

やりたいと思っていたことはあったはずなのに、本当に何でもできるんだと思うと、不思議と足がすくんだ。

あのパーティーから二日後、私は熱を出した。

もしかして知恵熱だろうか？

私は自宅のベッドの中で考えていた。

先ほど、名倉さんから電話があった。

私の声を聞いて「もしかして風邪ですか？」と聞いてきたけれど、私は否定した。

これくらい自分で何とかできるし、しないといけない。名倉さんも匠さんも忙しいから余計な心配をかけるわけにはいかなかった。

とはいえ、家には薬もなければ、この近辺の病院も知らない。

実家で熱を出した時は、兄や、兄がいなくなってからはお手伝いさんが全て面倒を見てくれた。これまでどれだけ当たり前に周りの人に助けられていたのかと思うと、自分で自分が情けない。

とにかく寝ておこう。少し元気になったら薬を買いに行って……。薬って何を買えばいいんだろう？　薬局ってどこにあるんだろう……。

ぼーっとしながら目を瞑ったら、いつの間にかうとうとしていたらしい。

気付けば玄関チャイムが鳴っている気がする。だけど、身体が重くて動かない。熱がさらに上がっているようだ。

ふと目を開けるとスーツ姿の匠さんが息を切らして立っていた。

「た、匠さん⁉」

「勝手に入ってすまない。合鍵を使う気はなかったが、緊急事態だと思って使った」

そう言いながら、彼は私の額に手を当てる。匠さんの手が冷たくて気持ちいいと思った。

「熱いな。風邪を引いたならきちんと言ってくれ」

「すみません……」

もしかして、心配して来てくれたのだろうか。よく見れば、匠さんの方が目の下にくまを作っている。

私の心配をしている場合ではないと思うのに、彼は心配そうな眼差しを私に向けていた。

「寝ていれば治ると思うので、本当に気になさらないでください。大丈夫ですよ」

「だめだ」

ピシャリと告げて、匠さんは部屋を出る。

部屋の前で、どこかに電話をしているようだった。

次に匠さんが寝室に顔を出した時には、白衣を着た男性医師を連れていた。

医師の診断は風邪。匠さんの表情が安堵したものに変わった。

それから医師を送るため再び部屋を出た匠さんは、しばらくして戻った時には大量の経口補水液を持ってきて、そのうち二本を私の枕元に置いた。

「風邪の時の水分はこれがいいって。残りは冷蔵庫に入れておく。あと、他にも食べられそうなものを買ってきているから、少し元気になったら食べて」

「は、はい。ありがとうございます」

疲れた顔をしている匠さんにこんなことまでさせて、心底申し訳なくなってきた。役に立たないだけでなく、彼の足を引っ張るなんて。たぶんそれもこれも、私がしっかりしていないから。

世間知らずで、本来なら一人でできることもできない。どうしてこんなに情けないんだろう。それがすごく悔しくなってきた。

「すみません。こんなただの風邪でご迷惑をおかけして」

「……契約の内容を覚えているか？　『困難な状況や問題が生じた場合には、必ず相談し、協力して解決を行うものとする』という項目があっただろう」

「はい、覚えています」

「これは〝困難な状況〟だ。あやめには相談する義務があった」

「すみませんでした……」

「謝ってほしいんじゃない。困った時には、きちんと相談してほしいだけだ」

きっぱりと匠さんが言う。言われてみれば、確かに私は契約を破っていたのだ。

「はい。次からはそうします」

頷くと、匠さんは目を細めて私を見る。

その優しい瞳に、胸がギュっと締め付けられるような感覚を覚えた。

これは、私だけに向けられた優しさだ。演技なんかじゃない……。それに気付くともうだめだった。

「あやめ？　熱が上がってないか？　大丈夫か？」

「は、はい……」

そっと額に手を当てられると、余計に熱が上がりそうで困る。

その時、勢いよく名倉さんが部屋に入ってきた。そして、ベッドにいる私と匠さんを交互に見てため息を漏らす。

「匠さん、すぐに会社に戻ってください」

「しかし、それよりも今くらいは――」

「あとは、私にお任せください。今、何が大事なのかお忘れなきように」

困った表情を浮かべた匠さんを見て、たまらず私も口を開いた。

「私は大丈夫ですから。だから匠さんは会社に戻ってください。お願いします」

「……分かった。行くよ。でも、何かあったら必ず連絡してくれ」

「はい、そうします」

匠さんはしぶしぶといったように立ち上がり歩いていく。私はその背中を見送った。

名倉さんも匠さんを見送るために玄関まで行ったようで、玄関先で仕事の話をしているのが分かる。どうもこのあと、重要な会議が控えているようだ。

その後、名倉さんは寝室に戻ってくるなり私に言った。

「こういう時は、強がらずはっきり言ってもらえた方が助かります。さっきの私との電話を偶然聞いてしまった匠さんが、奥様の状況が分からないからと飛び出していってしまって……本当に困ったんですよ」

「すみません……」

私は心から申し訳ないと思っていた。まさかそんなことになっていたなんて……。

ふいに、熱が出た時にいつも心配そうに付き添ってくれた兄を思い出した。

匠さんも、本当は優しいのだろう。それだけはよく分かった。

私が困っている場面ではそっとフォローをしてくれるし、今日だって熱があるかもしれないと飛んできて、医師を呼び、飲み物まで買ってきてくれた。

優しい匠さんに心配をかけてしまった……。匠さんも忙しそうにしているのに。

「あの……。匠さんはお仕事お忙しいんですよね。顔色が少し悪かったような気がして」

「忙しいなんて当たり前です。匠さんはこの三年で本気で史上最年少の役員になるつもりなんですから」

三年、という言葉にドキリとした。

これは匠さんがグループ役員になるための契約結婚だから、彼はそれに向けて動いているだけ。匠さんは役員になるのに、それだけ必死なのだ。

きっと役員になれれば当たり前にこの関係は終わるのだろう。

——それまで私が彼のためにできることってなんだろう……?

私はきゅ、とシーツを摑んで考えていた。


それから二週間後、私はもうすっかり回復していた。

時折、匠さんから【体調はどうだ】というメッセージが届くようになっていた。

私はそっけない短いメッセージでも、見ると嬉しくなった。

【すっかり回復しました。ありがとうございました】

私は匠さんに返信したあと、鞄の中から一枚の名刺を取り出し、そこに書かれていた番号に電話をする。

「もしもし、七城あやめですが、椎名さんの携帯でしょうか?」

緊張で私の心臓はドキドキしていたが、椎名さんは電話口で『篠崎さん!?』と明るい声を上げてくれて、少し緊張がほぐれた。

『ちょうどよかった篠崎さん！　もしかして仕事のこと!?』

「えぇ……話を聞いてみたいなと思って」

一人で暮らし始めて、料理や洗濯はできるようになってきていたけれど、他にも何か自分にできることを増やしたかった。

それが彼のためにできる唯一のことだと思ったから。

それで一番に思いついたのが、椎名さんに誘われた仕事だった。

まだこの時点では、自分は足を引っ張るんじゃないかと不安視していたけれど、椎名さんの言葉に甘えて一度見に行くだけ見に行ってみようと思ったのだ。

『あのね、今日、すっごく困ってるんだ。悪いけど、時間があれば今から会社の方に来られないかな？』

椎名さんは電話口で少し早口で話す。

「はい。大丈夫です」

『よかった！　駅から会社は分かりやすいと思うけど、もし迷ったら連絡ちょうだい！』

そう言って、椎名さんの電話は切れた。

念のため、名倉さんに連絡して事情を話していくことにする。

名倉さんが誰かに送らせます、と言ってくれたが、今回は、自分で調べてたどり着かないといけない気がしていたので強く断った。

学生時代に学校行事で新幹線に乗ったことはあった。ただ、私生活では車の移動を基本としていたので、公共交通機関に乗った経験はそれくらいだ。

駅員さんに切符の購入方法からホームへの行き方まで丁寧に教えてもらい、冷汗をかきながら何とか電車に乗れた。

駅員さんは珍しいものを見るような表情を浮かべていたので、自分が本当に何も知らなかったのだと恥ずかしくなった。

アナウンスを聞き逃さないよう真剣に聞いていたら、最寄り駅での降車は問題なくできた。

最後はスマホのアプリに標準装備されている地図の存在を思い出し、目的地を入れてその通りに歩けばたどり着けた。移動だけでやけに汗をかいた。

椎名さんの経営する〝リンガエッジ〟は、青山《あおやま》の十五階建てビルの六階にあった。

ドキドキしながらエレベーターに乗り、着いたところはビルの中とは思えない広々とした空間。

壁や仕切りがほとんどなく、窓際に作業デスクが並んでいる。中央には、おしゃれなバーカウンターがあり、そこでコーヒーを淹れて飲んでいる女性社員も見える。点在する赤いソファもかわいくて目についた。

「あ、篠崎さん！　じゃなかった……七城さん！」

きょろきょろしていると、椎名さんの声が聞こえた。見ると椎名さんが小走りでやってきている。

私は慌てて頭を下げて「遅くなってしまって申し訳ありません」と謝った。

「いいんだよ。来てくれてよかった！　実は、頼んでいた翻訳者が何日か前から緊急入院していて、原稿が進められないままになっていたんだ。で、それを大急ぎで翻訳しているんだけど、七城さん、チェックをお願いできない？」

「でも私、やったことがありません」

「大丈夫。君の英語の実力は僕がよく知ってるから。それにそのまま納品するんじゃないんだ。リーダーとあともう一人が確認するから安心して。本当に困ってるんだ！　お願い！」

パチン、と椎名さんは身体の前で手を合わせた。

ちら、と周りを見ると、皆本当に忙しそうにしている。

――きっと、匠さんも毎日こうして真剣に働いているんだよね。

「私でお役に立てることなら、お引き受けします」

気付けば、私の口は勝手に動いていた。

「ほんと!?　やった！」

椎名さんが心から嬉しそうでほっとする。

パソコンは大学のレポートで使っていたので問題なく操作できそうだ。

ここを使って、と言われたデスクは窓際だった。腰を下ろし正面を見据えると、窓の向こうに広がる街並みが一望できた。遠くのビル群が霞むように重なって、その隙間を縫うように走る車。足早に歩く人。

昔は英語を使うことだけが外の世界との繋がりを感じさせてくれたけれど、ここはまさに外との繋がりが体感できる場所だった。

——本当に素敵なオフィスだな……。思わず心の中で呟いていた。


帰りの電車は行きよりはスムーズに乗れたものの、中は満員で息苦しかった。

周りには、疲れたサラリーマンやＯＬが多数いる。皆、仕事を終えて帰るところだろう。

彼らを見ていると、名倉さんの声が頭をよぎる。

——忙しいなんて当たり前です。匠さんはこの三年で本気で史上最年少の役員になるつもりなんですから。

今日仕事を手伝ってみて分かったが、私の実力は仕事で役に立つにはまだまだだ。でも決めたことがあった。

一つの決意を胸に、私がマンションの自分の部屋の前まで戻ると、名倉さんが立っている。

「すみません、お待たせしましたか？」

「いいえ。無事にお戻りになられてよかったです。本日はご予定をお伝えに参りました」

「あの……よければ部屋でお茶でも飲んでいきませんか？　お話ししたいことがあって」

「それならラウンジに参りましょう」

きっぱりと名倉さんが言う。そうか、部屋に二人きりというのはあまりいただけないのだろう。そんなことにも気付かなかった。


ラウンジの窓ガラス越しに夜の街が見える。

「それで、お話とは？」

ソファに腰を下ろした途端、名倉さんが慎重に口を開いた。

「今日、椎名さんっていう昔なじみの男性の会社に行ってくると連絡したじゃないですか」

「椎名さん……リンガエッジの社長でしたね。匠さんからもお聞きしております」

「はい。そこに行くのに……私、今日、初めて自力で電車に乗ったんです。でも色々と戸惑ってしまいました。おかしいですよね、この年で電車もろくに乗れないなんて」

「七城グループの方もそうですが、そもそも車移動ばかりで電車は使用しませんからね」

なんとなく名倉さんが慰めてくれているように感じた。

「……それで椎名さんの会社に行って、少しお手伝いしたんです。でも、やっぱりその実力もまだまだで……でも、椎名さんは改めて仕事に誘ってくれました。私、迷惑をかけるかもしれないけど、やってみたいと思ったんです」

――私が決めたのは仕事をすること。

挑戦してみたいと純粋に思ったし、今の私にはこれしか匠さんを支える方法が思い浮かばなかった。

「仕事をすることは匠さんがよいとおっしゃるなら問題ないと思います。ただ、焦らずゆっくりでもよいのではないですか？」

「いえ、私にとって、自由なのはこの三年だけなんです。私……この三年で、匠さんにご迷惑をおかけしないくらいになりたいんです。できれば……少しくらいは彼の役に立ちたくて……。今からでは遅すぎるかもしれないですけど……」

誰にも縛られない自由な三年間――匠さんがくれたこの特別な時間を無駄に過ごしたくなかった。今は、少しでも自分にできることを増やしたい。

黙り込んだ名倉さんをじっと見つめていると、彼は一つ頷いた。

「そんなことないです。私はいいと思いますよ」

「え、本当ですか？」

「ええ」

普段、名倉さんは無闇に賛成しない。だから余計に嬉しかった。

「奥様が大きく成長されれば、匠さんも驚かれるかもしれませんね。驚いたところは私も見たことがありません」

「匠さんの驚いた顔って、名倉さんも見たことがないんですか？」

「ええ……。お化け屋敷に入っても全く驚かない、と旧友の皆様から言われていたのは存じ上げておりますが……」

「ふふっ、なんとなく分かります」

私が笑うと、名倉さんもふっと表情を緩めた。


それから半月後の夜。会社近くのダイニングバーで私の歓迎会が開催された。

集まってくれたのは、リンガエッジで私の配属された文書制作部のメンバー十名と社長の椎名さん。契約社員として入社して一週間、まだ役に立ちきれていないのに、こうして歓迎会を開いてもらえてすごく嬉しかった。

帰りは、椎名さんが同じマンションだということもあってタクシーで送ってくれた。

マンションに着き、エントランスで椎名さんと少し話をする。

「皆さんが優しくて、本当に入ってよかったです。誘っていただいて、ありがとうございました」

「いや、こちらこそ。本当に助かっているよ。文書制作部部長の浦部《うらべ》さんも少し気難しいところはあるけど、七城さんがうまくやってくれてるからね」

「私は女性は働くものじゃないって言われて育ってきたので……、女性が当たり前に部長職についているのに驚きました。でも、仕事も気配りもできてカッコよくて、憧れます」

「七城さんって、本当に『超箱入り娘』だったよね。あの頃は絶対送迎つきだったし」

彼が軽く笑いながら言う。

私の育った環境の中では普通だったけれど、外に出ると異質に見えることがあると今では思う。

「そうですね……。でも、おかげで今、何もかもが新鮮で楽しいです。これからも頑張ります」

「うん、期待してるよ」

彼が手を差し出してきたので、ぎゅっと握手を交わした。その時だった。

「あやめ」

低く響く声に振り向くと、匠さんが立っていた。マンションにちょうど帰ってきたところらしい。

メールで入社したことは伝えていたものの、顔を見るのは久しぶりだった。

彼の姿を目にした途端、胸が大きく高鳴り始めた。

「た、匠さん、おかえりなさい」

自分でも驚くほどぎこちない声だったが、彼は穏やかな笑みを浮かべながら「ただいま」と言った。その一言が胸に響いた。

「いつも妻がお世話になっております」

匠さんは椎名さんに軽く頭を下げる。

「いやいや、こちらこそ。本当に助かっていますよ」

二人が礼儀正しく会話を交わす間、私は匠さんのジャケットの裾をきゅっと摑んでいた。

匠さんがそれに気付いたのか、ふっと私の肩に軽く手を置いた。

「酔ったのか？　大丈夫か？」

その優しい声が胸に染みる。

顔が緩むのを必死で堪えている私に椎名さんが微笑んだ。

「じゃあ、僕はこれで。七城さん、また月曜に」

「はい、失礼します」

椎名さんがエレベーターに乗り込むのを見送り、私たちは少し遅れて来た高層階専用のエレベーターに乗った。

エレベーター内は狭く、肩が触れるほどの距離感。手を繋ぎたい、そんな衝動が胸をよぎる。

無防備に見える彼の手にそっと触れてみたが、匠さんは何の反応も示さない。握り返すこともなく、そのまま。

その瞬間、酔いが冷めたような気がした。

――やっぱり人前でだけ、親しいふりをしてくれているだけなんだ。

エレベーターが最上階に着くと、私は繋いでいた手を離した。

匠さんは何も言わず、先に歩き出す。少し遅れて私はその背中を追った。

「あの……さっきは失礼しました。また次回のパーティーで……」

言いかけたその時、匠さんがふいに立ち止まり、私を振り返った。

眉を寄せ、冷たい笑みを浮かべる。

「今日は気を許せる相手でもいたのか？」

「い、いえ……あの……」

私が戸惑っていると、彼は髪をかき上げながらため息をついた。

「あやめが他の男といるのを見るだけでこうなる。……冷静でいられなくて、本当にすまない」

彼の困った表情が胸を突いた。

それは、一体どういう意味なの？

「ほら、早く部屋に入れ。鍵を閉めるんだ」

「は、はい」

促されるまま、部屋に入って鍵を閉めた。

肩の力を抜くと、やけに静かな部屋の空気が身に沁みる。

——匠さんの様子がいつもと違っていた。

演技ではない何かを感じながらも、それが何なのかは分からないまま私はバスルームへ向かった。

＊＊＊

二〇二五年二月二日：離婚まで残り五十七日
日曜の朝、匠さんは仕事があると言って出かけていったので、私は一人で街をぶらつくことにした。

街はバレンタイン一色。賑やかなショーウィンドウの前で足を止めながら、匠さんが喜びそうなチョコレートを探した。

ようやく気に入った一品を見つけて購入し、時間が少し余ったので映画館に向かった。

会社の人たちと映画に行くこともあったが、最近では一人で映画を観ることも増えた。

映画館に並んだポスターを見上げると、洋画はアクション、SF、ノンフィクション、恋愛ものと多岐にわたる。

「やっぱり恋愛ものかなぁ」

呟きながらチケットを買った。

匠さんのお母様が出演していた映画を観たのは仕事を始めてすぐのことだった。その演技力に圧倒され、映画そのものに惹かれるようになった。以来、恋愛映画を中心に観るようになり、会社の映像部の仕事に興味を持つきっかけにもなった。

恋愛映画をたっぷり堪能して映画館を出た時、スマートフォンが鳴った。

画面には匠さんの名前が表示されている。

『仕事が終わったよ。食事でもどう?』

彼の誘いに、私は二つ返事で応じた。

店は映画館の近くにあるカジュアルなダイニングバー。会社の女性陣に人気と聞いていた店だった。

店内は明るく賑わい、心地よい音楽が流れていた。

ワインで乾杯すると、自然と今日の映画の話になった。

「そんなによかったのか。一緒に行けばよかったな」

匠さんが愉しげに目を細める。

「でも恋愛ものですよ？　匠さん、興味ありますか？」

「あまり観ないけど、興味がないわけじゃない」

「あの……お母様の映画はご覧にならなかったんですか？」

ふと、私は匠さんのお母様の話を切り出した。

聞いた瞬間、失礼だったかと一瞬後悔したが、匠さんは柔らかく笑った。

「見たくなかったわけじゃない。でも、どこか気恥ずかしくてね」

その答えに安堵し、思わず笑みがこぼれた。

「実は、私、お母様のファンなんです」

「そうだったのか。なんとなく海外の映画中心に観ているのかと思ってた」

「国内ではお母様です。海外では、今日観た映画に出てたルーク・ハドリーが好きです。声が素敵で、発音も綺麗で……」

ルーク・ハドリーは、恋愛からアクションまでこなせる話題の実力派俳優だ。大人の色気もあって、ほんの少し匠さんに似ている。それは言えないけど……。

気付けば、匠さんの表情が少し曇っていた。

「あの……何か気に障りました？」

「いや、そういうわけじゃない。ただ……」

言いかけて、彼は苦笑した。

「俺は冷静でいられないことが増えたな、と思って」

「匠さんが？　昔から冷静そのものですよ？」

「そう見えているならいいが」

彼の苦笑いにはどこか深い意味が込められている気がした。

「演技といえば……私、最初は緊張しましたけど、少しずつ他の人と話をするのに慣れてきて、匠さんとパーティーで夫婦の演技するのも楽しくなってきていたんですよ」

私が言うと、匠さんは顔を柔らかく綻ばせた。

「俺も、あやめが隣にいてくれてよかったと何度も思ったよ」

＊＊＊

契約結婚から二年も経つと、パーティーの場で匠さんと顔を合わせる度、私たちは以前よりよく話すようになっていた。

名倉さんの勧めで夫婦として取材される機会が増えたこともあり、「普段の様子も共有しておくべきだ」と匠さんが提案したのがきっかけだ。

今ではメールのやり取りはもちろん、パーティーでは情報交換を兼ねて長く話し込むことも多い。

「見たよ、あやめが翻訳を担当した初めての映像作品」

匠さんが弾んだ声で言った。

「見てくださったんですか！　ありがとうございます！」

私はその頃社内の試験に合格し、希望していた映像部に移っていた。

初めて翻訳を担当した番組がもうすぐ放送されると、前回のパーティーで彼に話していたのだ。

「面白かったよ。あれ、ドキュメンタリーだろう？」

「はい。アメリカの番組で、動物の名前や専門用語が本当に難しくて……。でも、すごくやりがいがありました」

「確かに、普段使わない単語ばかりだもんな。よく頑張ったな」

彼の言葉が胸に響く。私の仕事を彼が見てくれたこと、そして褒めてくれたことがこんなにも嬉しいなんて。

話に花を咲かせていると後ろから声がかけられた。

「匠さん、あやめさん、お久しぶりです。今月の雑誌、拝見しましたよ。表紙を飾られていましたよね。思わず二冊も買ってしまいました」

「ありがとうございます」

七城グループ関連会社の社長夫妻が声をかけてきて、匠さんと同時に頭を下げる。

最近は夫婦で雑誌に登場するので、パーティーでも声をかけられる機会が増えていた。

以前は『女狐の子』と眉をひそめていた人たちも、少しだけだが好意的な目で見てくれるようになった。

匠さんはまだ社長にはなっていなかったけれど、彼のいる七城データの業績が劇的に伸び、その立役者として注目されていたので、この一年で取材もかなり増えていたのだ。

また、『女優の息子』はもとより、『実はものすごい愛妻家』という話題がメディアで受け、それが夫婦取材のきっかけにもなったようだ。

私は雑誌に載ったことよりも、匠さんと並んで写真に収まる機会が増えたことがただただ嬉しかった。

現実では『一緒に写真を撮ってください』なんてお願いできないから。

「調子に乗っていると足をすくわれるぞ。まぁ、こんな身体を毎晩好きにできるんだから、調子にも乗るか」

夫妻が笑顔で去った直後、後ろから不快な声が響いた。

嫌な気配に振り向くと、そこには凌牙さんがいた。彼の視線は私を舐めるように這う。

「あやめちゃん。俺は親族なんだから、もう少し愛想よく接した方がいいんじゃないか？」

「何かあれば私にお願いします、兄さん」

匠さんが一歩前に出て、私をかばうように立つ。

その冷静な声の裏に、彼の怒りが見え隠れする。

「なんだ、不満か？　理想の夫婦だもんな」

「他の男に妻を性的な目で見られるのは、誰だって不愉快になるものです」

その言葉に驚いた。匠さんがこんなに強い口調で反論するなんて。

普段、波風を立てるようなことは絶対に避けていた彼が、今は明らかに私を守ろうとしていた。

凌牙さんは舌打ちをして去っていった。

「兄がすまない」

匠さんはすぐに私に向き直り、頭を下げた。

「いいえ。私ね、もう何を言われても大丈夫ですよ。気にならないって言ったら嘘になるけど、本当に平気なんです」

私が笑顔で返すと、匠さんは困ったような顔をして、一つ頷いた。

最近は凌牙さんに絡まれることが増えていた。しかし、以前は声を掛けられるだけで嫌だったものが今は違った。どこか強くなった自分を感じるのだ。

——それは、匠さんが隣にいてくれるという安心感があるから。

そんなことを思いながら、私は彼の横顔を見つめていた。

＊＊＊

二〇二五年二月十六日：離婚まで残り四十三日
ふいに目が覚めると、匠さんの腕の中だった。

暖かい体温に包まれたまま、ぼんやりと思い出す。

――一昨日のバレンタインデーに初めてバレンタインチョコを渡した。

彼がチョコレートの箱を開けて、嬉しそうに笑う顔がかわいくて、私もつい笑ったら――。


それがきっかけだったのか、そこから散々甘やかされて、いつの間にか二日後の朝までこの腕の中にいた。

こんな日々が来るなんて、以前は想像もできなかった。

毎日を共に過ごす中で、彼への想いはますます深まっていく。

匠さんがこの結婚の継続を、出世のためだと思っていても、こんなふうに彼に触れられ、優しい言葉をかけられると心が満たされていく。

だから、私はこのままでいいと思った。

彼のそばにいられるなら、それだけで十分だと。

だから決めた。三か月前に言われた、あの言葉。

――これから契約終了日の三月三十一日まで一緒に住んで、もしあやめの気持ちが俺に向いたら、離婚はなしにしてほしい。

私は期限が来る前に、その答えを出そうと決めたのだ。

「私もこれからも一緒にいたい」と、自分の口から伝えたい。

いつか本当に彼が私を好きになってくれる日を、自分の手で摑み取ろうと思ったから。

7章：ぶつかる心、素直な声

二〇二五年二月二十一日：離婚まで残り三十八日
薄曇りの空から、冷たい雨粒が静かに降り注いでいたその日。

湿った空気で息苦しくなる感覚を覚えながら、私は病院へ向かっていた。

病室に入り静香さんを見るなり、その姿に思わず言葉が詰まる。

瘦せこけた頰、点滴が繫がれた腕。ベッドの上で横たわる彼女は痛々しかった。

「だ、大丈夫ですか？」

私はそれだけ絞り出すのがやっとだった。

「貧血がひどかっただけ。心配させてごめんね」

静香さんは弱々しい声でそう言ったが、その目は薄く曇っていた。

本当に貧血だけなの……？

胸の中で生まれた疑念が、不安を募らせる。

「こんなのだから、凌牙さんにも迷惑をかけたのよね。子どももできない女なんて、捨てられて当然だわ」

静香さんが呟いたその言葉は、私の胸を締め付けた。

その考えがどれほど彼女を苦しめているのか、想像するだけでやりきれない。

「そんなことないです。凌牙さんがおかしいんです！」

思わず声を荒らげてしまった。しかし、それが間違いだったとすぐ気付く。

静香さんの眉間に皺が寄り、その表情は不快感を示している。

「すみません。でも、子どもができないからって離婚されて当然なんて、そんなの……」

静香さんは、自分を責め続けている。それを助長したのが、あの凌牙さんだ。

なぜ、もう凌牙さんと離れた今でも、そんな理不尽な価値観が彼女を縛り続けているのだろう？

この状況で、何をどう言えば静香さんを救えるのか――私には分からなかった。

静香さんは、どこか遠い目をしている。

「世の中には、結婚しない女性も、子どもを産まない女性も増えているかもしれない。でも私たちは、それじゃだめなのよ。私たちがいる世界では、子どもを産むことこそが女性の役割なの。匠さんといるのだから、そのうちあやめさんにも分かるわ」

静香さんの視線が私を射貫く。

「私たちは、匠さんや凌牙さんのようなトップを目指す男性と結婚して子どもを設ける宿命なの。それができないなら、この世にいる価値なんてない。役に立たないと……。失敗なんて絶対にダメなの」

最後に彼女が言い放ったその言葉は、あまりに思いつめたもので、私は息を呑む。

彼女をこんなふうに追い詰めてしまった世界が憎かった。

そして、静香さんを救いたいと思いながらも、今の私にはその手段がないことが、悔しくてたまらなかった。


夜、自宅に戻って、悶々としながら食事を取っていた。

「どうした、あやめ。様子が変だな。今日はどこかへ出かけていたのか？」

「あの、静香さんが入院して面会してきたんです。貧血がひどかったみたいなんですけど、元気もなくて」

「……彼女にはあまり深入りするな。もう会わない方がいい」

匠さんがすっと表情を凍らせ、言い放った。その冷たい言葉に頭を殴られた気分になる。

私は、匠さんには「心配だな」って共感してほしかった。そんなふうに冷たく突き放そうとするなんて、まるで凌牙さんと同じだ。

——だめ、なんだか泣きそう。

「……匠さんって、冷たい人だったんですね。私、あなたのことを誤解していたかもしれません」

「どういう意味だ……？」

「匠さんだって凌牙さんと同じじゃないですか。私も必要なくなったら切り捨てるんですか？」

「……っ」

一瞬、匠さんが言葉に詰まった。私は図星なんだと思ってしまう。

「そんなことするはずないだろう。あやめは俺が信じられないのか？」

彼は眉を寄せて、悲しそうな顔で言った。

匠さんの言葉を素直に信じたい。だけど彼の出自がそうさせてくれない。

「……すみません。やっぱり私はどう頑張っても七城家の人は信じ切れないみたいです」

静香さんを救いたいという一心で話したのに、匠さんは冷静に『深入りするな』と突き放してくる。『もう会うな』と……。

どうしようもない苛立ちと、七城家に対する不信感。

その行き場のない感情が、ただ彼を責める言葉に変わってしまった。

傷つけたくなんてないのに、自分を止めることができなかったのだ。

二〇二五年二月二十四日：離婚まで残り三十五日

その日もまだ雨が続いていた。

会社に着くなり、通勤で濡れたストッキングを履き替えてため息を一つ吐く。

匠さんとはあれからうまく口をきけていない。

彼からは話しかけてくれるけれど、私は何を話していいのかもう分からなくなってしまった。

再びため息をついた時、スマホが鳴った。

【着信：七城凌牙さん】

この数日、凌牙さんから着信がある。それは大抵朝や昼だった。

最初は静香さんに何かあったんじゃないかと心配して出ていたが、自分の成功話や周りの無能さを語られるだけだった。

私は少し悩んだが、結局その電話には出なかった。

仕事の連絡は社用スマホを支給されているので、私用のスマホは電源を切ってデスクの引き出しに入れておいた。


今日は取引先との打ち合わせが三件あった。

それを全て終えた取引先からの帰り道、打ち合わせに同行してくれていた部長は子どものお迎えがあるからと駅で別れた。私はその足で会社に資料だけ置きに戻る。

このまま匠さんとうまく話せないままでいいのかな?

一人になればそんなことばかり考えてしまう。

好きだからこそ、彼とこれからもずっと一緒にいようと返事をするつもりになっていたけど……突然怖くなった。

冷たく静香さんを突き放そうとする彼を見て、私は思ったのだ。

——やっぱり彼も七城家の人間なのだ、と。

自分の中で足りなかった覚悟が、彼を突き放す言葉になったようにも感じた。


「お疲れ様です、ただいま戻りました」

オフィスに戻ると、もう他の社員は皆、退勤していた。

椎名さんだけが奥のデスクに座っているのが見え、「お疲れ様」と声をかけられた。

私ももう帰ってしまおうと荷物を置いて、私用のスマホを引き出しに入れたままにしていることに気付く。

取り出して電源を入れてみれば、着信が十五件。

まさか匠さんに何かあったのだろうかと慌てて見てみると、全て凌牙さんからだ。

「なんで……？」

これまでこんなに連続して着信はなかった。

なんとなく不穏な雰囲気に折り返しもできず、スマホを鞄にしまう。

ふと会社の入口に気配を感じ、目をやると誰かが立っていた。

――ものすごい形相の凌牙さんだ。

驚いて私は立ちすくんでしまう。

彼は今までにないほどの怒りの表情で私を見ていた。

でも、私だってこの会社で色々と経験を積んできた。厳しいクライアントだっていたけれど、何とか乗り越えてきた。きっと凌牙さんにだってうまく対応できる。

それに静香さんの様子を思い出すと、腹も立っていた。ガツンと言って、早く帰ってもらおうと思った。

勇気を振り絞って凌牙さんのもとに歩いていく。

「こんなところまでどうされたんですか？　私の会社、ご存じだったたんですね」

「お前、電話にも出ないとはどういうつもりだ！」

突然、凌牙さんが威圧するように怒鳴った。

恐怖でピリピリと肌が震え、私は言葉に詰まってしまう。

すると椎名さんが走ってやってきてくれた。椎名さんは真っ直ぐ凌牙さんに向かい合う。

「私は、ここの代表の椎名と申します。弊社の七城が何か失礼なことをしたでしょうか」

「こいつが連絡しても無視しやがる」

「それは仕事の連絡で?」

「まさか。なんで俺が女に仕事の話なんてしなければならないんだ!」

凌牙さんが吐き捨てるように言う。

私が口を開こうとすると、椎名さんがそれを制し、先に答える。

「ここは職場ですので、仕事に関係のないお話であれば、どうかご遠慮いただけますでしょうか」

「なんだとっ」

「お互いの生産性を高めるためにも、業務に集中させていただければ幸いです」

言葉は優しいのに、椎名さんは見たことがないくらい威圧的な声を放っていた。

椎名さんは凌牙さんより高身長で体格がいいのもあって、雰囲気で凌牙さんを圧倒していた。

凌牙さんは一瞬考えた素振りをして、ふい、と後ろを向くと、「今日はもういい」と吐き捨てるように言って去っていった。

姿が見えなくなると、私は安堵の息を吐いた。少しして、椎名さんが私の方を向く。

「……さっきのは誰?」

「すみません。夫の兄です」

「本当にそれだけ？」

「……あと、私がもともと結婚させられそうになっていた人です」

「今の人と？」

椎名さんは驚いたように目を開く。

「はい。父の会社の取引先の社長で……」

「で、匠さんのお兄さんか。年も離れてそうだけど、ご主人とは随分雰囲気が違うんだね」

「そう、ですよね」

やっぱり匠さんと凌牙さんは違う。椎名さんにそう言われて、なんだかほっとした。

「これから、大丈夫かな……？」

「彼も七城グループの会社の社長をしているから、世間体もあるし、もうこうしてここに来たりすることはしないと思うんですけど。私からもきちんと伝えておきます」

「ちょっと待って。僕やこの会社のことを心配してるんじゃないんだよ。そうじゃなくて七城さんが大丈夫かって聞いてるんだ」

「大丈夫です。親族でもありますし」

ただ不安ではあった。いつも横柄な態度だったけれど、今日は特に様子がおかしかったから。

「親族の方に言うのは申し訳ないけどさ、ああいうタイプってちょっと怖いよ。無意識に女性や自分より下に見ている者は全て従うものだって思っているし……。プライドが高い分、思い通りにならない時に何をするか分からない」

きっと椎名さんの言っていることは正しい。さっきの凌牙さんの雰囲気そのものだ。私は息を吞んで頷いた。

「あと、ちゃんと旦那さんにも相談しなよ」

その言葉にぎくりとした。今、ものすごく気まずい最中だから。

「もしかして旦那さんとうまくいってないの？」

「ちょっと喧嘩……いや、私が彼にひどいことを言ってしまって……」

「ひどいこと？」

「はい。『七城家の人は信じ切れない』って……。ぽろっと言ってしまったんですけど、本音ではあるんです。もともと私たち、好き同士で結婚したんじゃなくて……。なんていうか、その時結婚という形が必要だったから結婚したんです」

「お見合いみたいなものってこと？」

「まぁ……そうですね。彼はとにかく演技がうまくて、いつも本音がよく分からなくて。それにさっきの人の弟でもあるし」

「確か女優の息子なんだよね。雑誌で見たよ。それでさっきの彼の弟、かぁ……。七城家の人間でもある、と」

「……はい」

「彼はきっとこれまで色々な形の色眼鏡で見られてきたんだろうね。その気持ちは少し分かるよ。僕もさ、ほら……この見た目だから、スポーツも英語も完璧そうとか色々言われてきたけど本当は全然違ってさ。勝手に期待されて、勝手にがっかりされてきたよ」

椎名さんは苦笑する。

「そんな時、君に出会った。君は僕の見た目にこだわらず、直接向き合って、僕の分かるような問題は見抜いて聞いてきて、分からないところはバカにすることなく教えてくれた」

「そんなの当たり前です」

「それが当たり前じゃないんだよ。だけど今は、君の目に少しフィルターがかかっているように思える」

確かに椎名さんの言う通りだ。凌牙さんの弟だから、女優の息子だから、七城家の人間だから……と私は本当に彼自身を見ていたのだろうか。

自分だって、女だから、若いから、と型にはめられるのは嫌だったくせに。

「……本当に椎名さんはすごいですよね。さっきだって、凌牙さんの性格を一発で見抜いてましたし」

「ありがとう。これぱかりは才能あるんじゃないかって自分でも思ってる。そんな僕が思うに……どういう経緯であれ、二人は今一緒にいて、さらに〝日本一のおしどり夫婦〟なんて言われている。僕も見ていてそう思う。もう絶対に初恋は実らないんだろうなぁって絶望するほどにね」

「は、初恋……？」

「やっぱり気付いてなかったんだね。僕は七城さんが好きだったんだよ。安心して、もうちゃんと諦めてる」

椎名さんはカラッとした声で笑う。私はあっけに取られていた。

「今も、これからも、旦那さんと真っ直ぐ向き合えるのは妻である君だけだ。しっかり話し合いなさい」

椎名さんの言葉に、私はゆっくり頷いた。

時間はかかるかもしれないけれど、もう一度匠さんときちんと話したい……。

そう思った時、椎名さんは、さて、と微笑んだ。

「今日は心配だし自宅まで送るよ。どうせ、僕ももう帰るしね」

「でも、椎名さんも仕事が……」

「残りは家でもやれる作業だから大丈夫。普段使わないけど、発令させてもらうね。これは〝上司命令〟だ」

　きっぱり言った椎名さんは、優しく目を細めた。

　マンションのエントランスに到着した時、匠さんの姿が目に入った。その瞬間、凌牙さんと会ってから続いていた緊張が解けたような感覚がした。

「少しお時間よろしいですか？」

　私の隣にいる椎名さんは、すでに彼に声をかけている。

　椎名さんの問いかけに匠さんは頷き、以前話をしたラウンジへ向かうことになった。

　ラウンジに着くと、椎名さんは今日の出来事、特に凌牙さんが会社に現れた件を、隠すことなく匠さんに報告した。

　ただ、私たちの喧嘩については触れずにいてくれたことに、少しだけ安心した。

「七城さんには基本的に在宅勤務をお願いしようと思っています。ただ、彼女の案件には、どうしても取引先との打ち合わせで出社が必要な場合もあります。その際、どうするべきか悩んでいまして……」

「私が責任を持って送迎します」

　匠さんは静かに頷き、答えた。

　その言葉に、椎名さんはほっとした表情を見せる。

「申し訳ありませんが、それなら安心です。彼女にとってもその方がいいでしょう」

「あやめ、いいな」

匠さんは私に向き直り、静かだが拒否を許さない声で尋ねた。

思わず緊張し、ドギマギしながらも頷くしかなかった。

「家族のことでご迷惑をおかけし、本当に申し訳ありません」

匠さんは椎名さんに一礼する。

「いいえ。僕は社員を家族のように思っています。困った時は助け合うのが当然ですから。それに――彼女は僕の初恋の人でしてね」

「……え？」

一瞬、匠さんの声が詰まる。私が先に声を上げた。

「ちょ、椎名さん！　何を言い出すんですか！」

「だから、僕が守ることもできますよ。ただし――」

「必要ありません。私が妻を守りますから」

椎名さんの言葉を遮るように、匠さんは低くはっきりとした声で言った。

椎名さんはしばらく匠さんを見つめ、ふっと微笑む。

「それではよろしくお願いします」

そして頭を下げるなり立ち上がって、その場から去っていった。

私はなぜ椎名さんが突然そんな話を持ち出したのか分からずにいた。彼はもう昔の話だと言っていた。私も仕事をしていて彼から恋愛感情を感じたことはない。

椎名さんはとても良い人だけど、お互いにただの上司と部下に過ぎないのだ。


部屋に戻ると、匠さんはすぐに私に頭を下げた。

「凌牙のことで、怖い思いをさせてしまった。本当にすまない」

「匠さんが悪いわけじゃありません。顔を上げてください」

そう言うと、匠さんはゆっくり顔を上げ、視線が絡む。

「でも、やはり俺のせいだ」

彼の腕がゆっくりと私を包む。その抱擁は、拒否する余地があるほど優しかった。

「何もなくて、本当によかった。もし嫌じゃなければ、少しだけこうさせてほしい」

彼の胸に耳を当てると、鼓動が速い。その音が、どこか安心感を与えてくれる。

気まずさを感じていたはずなのに、こうして彼に抱きしめられると不思議と安心する。

私も返事の代わりにそっと匠さんの背中に手を回した。

二〇二五年三月四日：離婚まで残り二十七日
それから匠さんは、私が出勤の時は自ら車で送ってくれるようになった。

どうしても難しい時は、名倉さんや他の運転手だけど、ほとんどは匠さんだ。

「今日は天気がよさそうだな」

「はい……」

私はまだ匠さんときちんと話せていないままだった。

送りの車の中でいつも匠さんは話しかけてくれるが、私に返事の無理強いはしてこない。

そしてあの日、私が彼を傷つけるような言葉を吐いたことをとがめてもこない。

車から降りる時、彼はいつも通りの声で話しかけてきた。

「迎えは同じ時間で無理そうなら連絡してくれ。待っているから」

「はい」

「あやめ？」

「なんですか……っ」

ふいに振り向いたら匠さんの顔が近づいてきて、驚いて固まった。

もしかしてキス？　最近ずっとキスもしていなかった。

だけど、彼は私の肩についていた髪を手に取る。

「ここ、髪の毛がついていた」

「あ、ありがとうございます」

「そんなに驚いた顔をするな」

匠さんが優しく微笑んで軽く頭をポンポンと叩いた。

その顔を見ているだけで、胸がギュウッと締め付けられる。

結局、彼と真っ直ぐ向かい合うと、彼が悪い人だとは思えない。喧嘩をした時も、こんなに優しい匠さんであれば、ただ私を心配してあの言葉になってしまったのかなと感じた。

そう思えば思うほど、好きだという気持ちだけが膨らむばかりだった。


二〇二五年三月十四日：離婚まで残り十七日
人が減ったオフィスの静寂の中、私は椎名さんと二人でコーヒーを飲んでいた。

椎名さんが仕事を終えた満足感からか、軽く伸びをして一息つく。

「やっと納品できたな」

椎名さんの柔らかな笑顔を見ながら、コーヒーを一口飲むとほっと心が和らいだ。

「あれからどう？　旦那さんと」

「……色々とご心配をおかけしました。でも、椎名さんに言われてやっと気付いたことがあって……。私は本当にずっと、いろんなフィルターを通して彼を見てしまっていたって」

匠さんの優しさや誠実さを感じる度に、その裏にある本心を探ろうとしてきた。

しかも、彼が七城家の人間だという事実が、余計に私の考えすぎを助長して、心を揺らしていた。

でも、そんな邪魔な思考を全て取り払ってみたら、答えは驚くほどシンプルだった。

匠さんのことが好き。そう思う心に、それ以上の理由も説明もいらなかった。

「全部取り払って見てみたら、彼はただ優しい人で……喧嘩の原因も私が心配だったからかなとか思うようになって……。私はそんな優しい彼が好きなんです。ずっと前から……」

「旦那さんに何度か会ったけど、少なくとも僕が『初恋』の話をした時、あの人の表情は嫉妬に満ちていて、分かりやすかったよ。まさに〝妻が好きな夫〟そのものだった」

「まさか、匠さんが嫉妬なんてするはずありません」

そう即座に否定したものの、言葉にしてみると少し違和感があった。

匠さんが嫉妬するなんて……そんなこと、考えたこともなかった。

彼はいつだって冷静で、ただただ演技が上手すぎるだけだ。

でも、もし本当に嫉妬なんてしていたら――？

そんなことを考えた瞬間、胸の奥が妙に熱くなるのを感じて、慌てて思考を打ち切った。

いや、ありえない。ありえないに決まっている。

「君、人の感情を読むのが得意なはずなのに、どうして彼の気持ちだけ見えないんだろうね」

椎名さんは苦笑しながら首を傾げた。

その時――私の目の前に、突然匠さんが現れた。

彼は私と椎名さんを見て、一瞬眉間に皺を寄せる。

その鋭い表情に、胸がぎゅっと縮むような感覚を覚えた。

「もう仕事は終わったのだろう」

匠さんの言葉に頷く間もなく、彼に腕を掴まれる。

「痛い、です……」

少し強引なその仕草に戸惑いながら、小さな声で訴えた。

その瞬間、匠さんの手が緩む。

「……すまない」

匠さんに連れられてオフィスを出る間際、椎名さんを振り向くと、彼は微笑み、まるで『分かった？』と言わんばかりの目で私を見送った。

帰りの車中、運転する匠さんの横顔をちらちらと見る。

彼が本当に嫉妬なんてしているのだろうか……？　いや、やっぱりありえない。でも……。何度もその問答を繰り返していた。

家に着き、匠さんが部屋を出たと思ったらすぐに戻ってきた。手に赤いバラの花束を抱えて……。

「な、なんですか？」

驚いて声を上げる私に、匠さんは少しぎこちなく花束を差し出した。

「ホワイトデーだろう。バレンタインデーにチョコレートをもらったから、お返しに何を贈ればいいか悩んで……結局、ベタなものになってしまった」

彼のしどろもどろな言い方に、胸が締め付けられる。

「……あやめ、この前は申し訳なかった。一方的に静香さんにもう会うなと言って、君の気持ちをきちんと考えられていなかった」

匠さんの真摯な謝罪に、私も慌てて頭を下げた。

「私こそ、ひどいことを言ってしまってすみませんでした！」

「いや、俺のせいだ。あやめが好きだから、とにかく君が心配で……。君にとって大事な人だと分かっていながら、感情的になってしまった。信頼を得られないのは当然だ」

「す……好き……？」

今までも言われたことがある言葉だったけど、今、真っ直ぐな気持ちで聞いてみたら、紛れもない真実の声。

彼の「好き」という言葉が、胸の奥にじんわりと広がった。だから聞いてみたくなった。

「その言葉は演技じゃないんですよね……？　いつも俳優並みに演技も上手かったです

が」

「……俳優ならもっと上手く演技するよ。こんな情けない姿をさらさずにな」

匠さんは少し困ったように笑った。

その笑顔が妙にリアルで、彼の言葉の重みを感じさせる。

「正直に言えば、あやめが他の男と話しているのを見ると心が揺さぶられる。特に、椎名さんとか……。今日も二人で話しているのを見て、ついあやめの手を強引に引くようなことをしてしまった」

「それって……嫉妬したってことですか？」

私の問いかけに匠さんは一瞬視線を落とし、それから真っ直ぐな瞳で私を見た。

「あぁ、そのようだ」

彼が真剣な顔で言い放った言葉に、胸が締め付けられる。

こんなに正直に感情を伝えてくれる彼に、私も心が揺さぶられた。

「俺はそんなにできた人間じゃない。ただ仕事ばかりしてきて、恋愛には慣れていない。だからこそ、あやめに他の男が近づくだけで嫉妬してしまうんだ。正直、あやめの好きな映画俳優にまで少し嫉妬する。そしてそんな自分を情けないとも思う」

匠さんが初めて見せる弱さ。それが逆に、彼の誠実さを強く感じさせた。

気付けば、私は彼の手を摑んでいた。

「……あの、さっきの言葉をもう一度聞きたいです」

「さっきの？」

「私のこと、好きだって……」

心臓が早鐘を打つ中で、それだけを確かめたかった。

――真っ直ぐに受け止めてみれば、先ほどの言葉は間違いなく彼の本心だった。

だからもう一度ちゃんと確かめたかった。

匠さんは少し驚いたように見えたけれど、すぐに柔らかな笑みを浮かべて言う。

「いくらでも言うさ」

彼の瞳は真っ直ぐ私を捉え、そして穏やかに言葉が紡がれる。

「俺はあやめが好きだ。愛している」

その言葉に、心が幸せで満ちていく。

目の前が霞み、気付けば涙が頬を伝っていた。

「わ、私も……好きでいていいんですか。ずっと好きでいて……このまま離婚せずに、一緒にいてもいいですか？」

声が震えながらも、心からの気持ちを口にする。

匠さんの腕が私をギュウッと抱きしめた。

今度は逃がさないとばかりに強く、それが不思議と心地よかった。

「それは……離婚撤回ってことだよな？」

匠さんの明るい声に、思わず頷く。

「は、はい……」

「よかった。本当によかった」

彼の嬉しそうな顔を見て、私も自然と微笑みが浮かぶ。

そして、互いの距離が一気に縮まった瞬間、彼が唇を重ねた。それは次第に深くなり、何度も重ねられた。


匠さんの愛撫はいつもよりさらに甘く、そして淫らだった。

ベッドの上で、先ほどまで散々舐められていた胸の先端を摘まみ、扱かれる。

勝手に腰が揺れて太ももが少し開けば、喜んだように手を差し込まれた。もうショーツも取られたそこは、彼の指が軽く触れるだけで愛液を溢れさせる。

「あっ……ふっ……うぅん！」

彼は割れ目の上にある小さな突起を撫で始めた。

意地悪に粒を薄皮から出され、人差し指と中指で丸く撫でられる。しびれるような快感に声が抑えられない。

ヌルヌルした指の腹で、敏感な突起を擦り上げられればまたすぐに達する。

「ぁあ、んっ、も、だめ、っく！　イクッ……！」

だけど彼の指は止まらない。思わずその手を摑んでいた。

このままではきっといつも以上に散々イかされる。

でも、今日だけは一人で何度も達することなく、彼をすぐに感じたかった。彼と達したかった。

「だめ、も、今日は入れてほしいです。一緒に……イきたい……」

「十分濡れてはいそうだけど……」

「ひゃうっ……！　お願い……」

割れ目を優しく撫でた匠さんに懇願すると、彼は「分かったよ」と軽く私に口づけ、自身も最後に残っていたトランクスを脱ぐと避妊具をつけた。

もう十分に濡れたそこは、くちょ、くちゃ、と彼が自身を密着させて動かす度に淫らな音を立てる。

「早く」

どうしてこんなに彼が欲しいんだろう。仲直りできたせいか、彼が好きになってくれたと分かったせいか……全く我慢できない。

「……あやめ、自分で入れてみて」

突然匠さんがそんなことを言い、私を抱き起こす。そして、座った彼を私に跨がせると、大きな彼の先端が熱い液体の溢れる入口にぴたりと押し当てられた。

「あとは腰を下ろすだけだよ」

どうして彼が突然そんなことを言ったのか分からなかったけれど、私は覚悟を決めた。

でも、怖さで真っ直ぐ下ろすなんてできなくて、ゆるりと逃げるように腰が動くと、彼の先端が私の小さな突起にぬるりと刺激を与える。

「ふぁっ……！」

それだけで達してしまいそうだ。

「ほら、気持ちよくなってないで頑張ってみて。ここだよ。早くあやめを感じさせて」

またぴたりと先端が入口に当たる。

――私だって、ちゃんと彼を感じたい。

決意してぐっと腰を下ろす。いつも以上の圧迫感に息を呑むが、すぐに身体ごと全部彼を受け入れた。

「は、ぁあああんっ！」

「っく、今日、すごいな。これは俺がだめになるかもしれない」

そんな泣き言に似た言葉を匠さんが漏らした。見れば赤い目元で私を見つめている。

この体勢はちょうど、繋がりながら彼と私の視線が揃うということもその時知った。

きゅうん、と胸の奥が音を立てる。と同時に結合部まで反応したのが分かった。

「ちょ、意地悪しないでくれ」

彼は動くことなく、私の胸の先端を口に含んだ。

「あぁ……ンッ、ふっ……はぁっ……それ、だめ！」

「意地悪された仕返し」

意地悪なんてした覚えはない。なのに、それを否定できないままさらに乳首を口内で弄ばれる。

「それ快感が強すぎ……てっ、だめ、くぅっ……イク！」

すぐに身体がビクビクッと二回跳ねる。

蜜口が窄まると大きな彼の先端が中の淫らな場所に当たって、もう一度軽く達してしまう。

「ひうっ……！」

「っく……どちらにしても俺が翻弄されるんだな」

匠さんの声にぼうっと目を開けると、彼が困ったように私を見ていた。

いつの間にかいつも通りの体勢になって、彼と天井が交互に見える。

私が匠さんの頬に手を伸ばすと、彼がその手を取って指を這わせて恋人繋ぎをする。

もう片方の手も同じようにされて、両手を強く握られたまま、顔の横に置かれた。

「あやめから入れてくれて嬉しかった。でも、もう、俺が持たないから動かせて」

「はいっ……ひぁんっ……！」

ぐん、と深く中に入ってくると、大きすぎる先端が最奥に届いた。一瞬で達してしまう。

だけど彼は止まらない。

ぐぬっと先端まで引き抜いては、深いところで繋げるように戻ってくる。

「やっ、あ……ンッ……ハァッ……！」

中の気持ちいいところを抉るような動きは止まらない。いつの間にか私の腰もそれに合わせるように動いていた。

だけど、手はぎゅう、と握られたまま……。

その夜、私は彼の愛情に揺さぶられながら、何度も心の中にしまっていた言葉を口にした。

「好き……大好き……」

「あやめ、もっと言って」

「好きです、匠さん」

これまで言えなかった想いを、今、全て彼に伝えたい——私を好きになってくれた彼に。

そう強く思いながら何度も好きだと声に出していた。

8章：ふりかかった試練

二〇二五年三月十五日：離婚まで残り十六日

穏やかな土曜日の朝は、匠さんとの心の距離がさらに近づいた温かなひとときだった。

だけど、そんな幸せは長くは続かなかった。

名倉さんが突然家にやってきて、険しい表情でスマートフォンの画面を私たちに差し出したのだ。

「これが今、話題になっています」

画面に映し出されていたのはSNSの投稿。そこには、私たち夫婦についての心ない憶測が広がっていた。

【仲がいいと評判の七城匠とあやめ夫妻は離婚間近】

【おしどり夫婦は公の場だけでプライベートは冷え切っている】

【別居済らしい。ビジネス婚か】

それらが雑誌に掲載されている写真とともに拡散されており、瞬く間に注目を浴びていた。

私は画面を見た瞬間、血の気が引いた。

「こんなこと……」

声が震えるのを感じる。

別居していたこと自体は事実だ。でも今は一緒にいて、匠さんがどれだけ私を大切にしてくれているかを知っている。

それ以上に、この噂が匠さんの立場を危うくするかもしれないことが怖かった。

匠さんはその画面をじっと見つめ、少ししてから決意したように口を開いた。

「……あやめはここにいて。外には出ないでくれ」

彼は立ち上がり、慌ただしく身支度を整えて名倉さんと一緒に部屋を出ていった。

一人残された部屋で、私は胸のざわつきと手の震えを抑えられなかった。

匠さんはきっと何とかしてくれる——そう信じているけれど、不安が拭えない。

この噂が私たちの関係だけでなく、匠さんの仕事や信頼を揺るがすことにならないだろうか……。

どうしようもない焦燥感の中で、私は彼を信じて待つことしかできなかった。

二〇二五年三月十六日：離婚まで残り十五日

昨日からずっと、心は落ち着くどころかざわつきを増していた。

自宅周辺はマスコミや記者たちがひしめき合い、平穏だった生活は一瞬にして崩れ去った。

インターホン越しに投げかけられる、勝手な憶測に基づいた無遠慮な質問。その全てが、私たち夫婦の生活に土足で踏み込んでくるようだ。

「……どうしてこんなことに」

一番に気がかりだったのは匠さんの会社だ。

ニュースでは、会社にも迷惑な問い合わせが殺到していると報じられている。

匠さんがどれだけ必死に社長の地位についたのかを知っているからこそ、今の状況が心に刺さった。

『あやめ、大丈夫か？』

昼過ぎにようやく匠さんから電話があった。

聞き慣れた低い声に、少しだけほっとする。

「私は大丈夫です。匠さんは？」

『心配するな。夜には一度戻る』

短い言葉だったけれど、彼が私のことを思ってくれているのが伝わる。

でも、その夜、匠さんは戻ってこなかった。

「どうして突然、こんな噂が広がったんだろう……？」

眠ることもなかなかできず、私は一人きりの暗い寝室でスマホを見ながら考えていた。

記事の内容には、一部事実も含まれている。

以前、私たちは確かに別居していた。完全なデマではないゆえに、誤解を解くのが難しい。

会社にも迷惑をかけたくないと思い、椎名さんには連絡を入れた。

『今は納期の迫った案件もないし、無理せず落ち着くまで休め。でも困ったことがあったら何でも相談して。同じマンションに住んでいるんだから』

その気遣いに、私は涙ぐみそうになった。彼の言葉にはいつも上司としての温かさがあって、心が救われる。

しかし、事態の収束がいつになるのかは全く見当がつかなかった。

私は外の騒ぎを気にしながら、ただ匠さんの帰りを待っていた。

二〇二五年三月三十日：離婚まで残り一日
雨は数日降り続いていた。

梅雨でもないのに、春の長雨というものだろうか。

そういえば、春の長雨を〝催花雨《さいかう》〟と呼ぶと最近知った。

春の花を咲かせる雨、という意味らしい。それなら、この雨は何の花を咲かせるために降っているのだろう。


テレビをつけた瞬間、目に飛び込んできたワイドショーの映像が、私の心に重くのしかかる。雑誌に掲載された私たちの写真が映し出され、あの騒動がさらに大きくなっていることを実感した。

リモコンを握った手は震えていて、電源を切ることさえできない。

『昨今、ビジネス夫婦という単語も聞くようになりましたが、そうだったのでしょうか。それなら残念です。お二人からのコメントが期待されています』

テレビの中のコメンテーターが放った言葉が、まるで棘のように私の胸に突き刺さる。

私たちの関係が【ビジネス婚】と捉えられるのも確かに無理はないかもしれない。だって始まりはそうだったのだから。

しかし、今はそれだけでは片付けられない。

記事はどんどん広まり、もう収集がつかないほど炎上してしまっている。

私はそれでも解決の糸口を見つけたくて、その日も必死にスマホを操作していた。しかしＳＮＳに明るくない私に分かったのは、最初の投稿元のアカウントだけ。

そのアカウント名は【bloom】といった。

この投稿の直前に開設されたアカウントで、その名も、何か特別な意味があるわけでもなさそうだ。

だが、この投稿が全ての火種となり、事態をここまで大きくしてしまったのだ。

「一体、誰が……何のために……？」

その時、突然電話が鳴り響いた。画面には【静香さん】と表示されている。

心配でたまらず、すぐに電話に出る。

「もしもし、静香さんですか？」

『あやめさん、大丈夫？』

静香さんの声が心配そうに響く。

「すみません、ご心配をおかけして……。静香さんの体調は大丈夫ですか？」

『私のことは大丈夫だから気にしないで。それより、マンションから出た方がいいわ』

「どういう意味ですか……？」

『私なりに投稿元を探ってみたんだけど……椎名咲也さんって分かるでしょ？』

「椎名さんは私の会社の社長です」

『彼だと思う』

静香さんが放った言葉の意味がすぐには理解できなかった。

「椎名さんが？　なんで？」

ありえない。それは彼をよく知っているからこそ言える言葉だ。

『とにかく、証拠もあるの。匠さんも大変でしょうし……今から一人で出てこられない？』

静香さんの言葉に驚きと戸惑いが増すばかりだ。

彼女がなぜそんなことを言ってきたのか、それが不思議だった。

「行きたいんですけど……この状態じゃ、出られないと思います」

『マンションの裏にタクシーを付けるわ。私なら解決の助けになると思うの。絶対来て』

静香さんは即座にホテルの名前と部屋番号を伝えてきた。

信じられない気持ちとともに、私はその話を受け入れるしかなかった。

静香さん自身の体調も心配だったし……もし少しでも解決の糸口が見つかる可能性があるのなら、行かないという選択肢はありえなかった。

ホテルの受付で名前を告げるとカードキーを渡された。

その部屋に足を踏み入れた瞬間、予想もしなかったある人の姿が目に入る。

嫌な笑い声をあげる凌牙さんが、バスローブを着てソファでスマホをいじっていたのだ。

静香さんの姿はなく、私は一瞬、状況を理解できなかった。

「やっと来たのか」

彼はまたスマホに目を向け、画面を指さす。

「【嘘くさいと思った】だって。これ、お前たち夫婦のことだぜ」

「静香さんは？」

私が恐る恐る聞くと、凌牙さんは軽く肩をすくめて言った。

「電話してみればいい」

混乱しながら、私はスマホを取り出し、静香さんに電話をかける。

『もしもし』

五回目のコールのあと、ようやく静香さんが出た。

「静香さん、私は静香さんと待ち合わせをしたんです。凌牙さんじゃなくて、静香さんと。直接会って、なぜ静香さんが、椎名さんが犯人だと思ったのか、その話を聞きたかったんです。今、どこにいますか？」

『ごめんなさい。私はこれ以外、何もできなかったの……』

どういう意味なのか理解できないまま困惑していると、凌牙さんが楽しげに笑った。

「女はバカだから理解できないだろう」

「凌牙さんが連絡させたんですか。じゃあ、やっぱり椎名さんの仕業かもって話も嘘ですか？」

「それは、本当に椎名じゃないのか」

「そんなわけないでしょう。椎名さんは本当にいい社長です！　私がここに来たのも、椎名さんを疑ったんじゃない。どうして静香さんがそう思っているのか聞きたかっただけです。それもあなたのつかせた嘘なんですか」

「ま、あいつ、若いくせに偉そうだったからな。少しは使えると思ったけど、見当違いだった。静香と同じで、本当に役に立たないな」

凌牙さんの言葉は、自分以外の全ての人間を侮辱するように吐き捨てられた。

「静香さんは凌牙さんの元奥様でしょう？　役に立たないって……」

私は怒りを抑えきれず声を上げる。

「だってそうだろう。子どももできない、女らしさもない、他に何もできない。役に立たない女なんだ」

「それはあなたがそう思うように仕向けていたんでしょう！」

「無能を無能と言って何が悪いんだ？」

「じゃあ、凌牙さんの方が無能ですよ」

「俺は運が悪かっただけだ。会社だって、妻だって……」

「周りのせいにしないで。全部あなたのせい！　やっぱり私はあなたが嫌いです！」

怒りが爆発したように叫ぶと、凌牙さんは突然近づいてきて、私のスマホを無理やり取り上げる。そして、それを部屋の隅に放り投げた。

私は驚きに一瞬呆然としたけれど、怒りが湧き上がったままで凌牙さんを睨みつける。

しかし彼が私の首筋に触れた瞬間、昔感じた恐怖が全身を駆け抜けた。それでも、ぐっと唇を噛んで心の中で決意する。

――負けてたまるか……！

「あなたがよく言っていた『女は選ぶ男で人生全てが変わる』って言葉……」

「あぁ、そうだよ。女は選ぶ男で人生全て変わる。だから権力も金も野心もある男と一緒になるのがいいんだ。俺みたいな、な」

「私はずっとそれをバカらしいと思っていました。……でも、本当に近くにいる人で変わるんですね」

「やっと分かったのか？」

「私は匠さんのそばにいて変わりました。彼のために変わりたいと思った。私も選んだ男性で人生が全て変わったんです。あなたのそばにいては無理だった。あなたと匠さんは違う！　そういうことでしょう」

「女のくせに生意気を言うな！」

突然凌牙さんは怒鳴り、私の腕を無理に引く。抵抗してみたけれど、それは全く効果がないくらい強い力だ。

部屋の奥にあるベッドに引き摺られるようにして連れていかれ、その上に押し倒された。

凌牙さんがのしかかり、私の両手首を摑んで顔の横で固定する。

彼は私を見下ろし、唇を舐めた。

「……気が強いのはいただけないが、あやめは随分綺麗になった。雑誌やテレビでもよく見ている。本当は、二十代後半なんて女としてはありえないと思っていたけど……あやめなら大丈夫だ。どのみち、あやめが俺と浮気すれば匠とは離婚になるだろう。あやめなら俺の隣に並ぶのにふさわしい。最初からこうしていればよかった」

凌牙さんの唇が首筋に埋まる。

じっとりした手が私の肌を撫でた。顔から血の気が引き、全身に鳥肌が立つのが自分でも分かった。

脚をばたつかせるが、凌牙さんはこれ幸いとばかりに私の脚にも触れる。

「やっ、離して！」

「どうせ誰も来ない。早く諦めるんだな」

ここにいるのを匠さんは知らない。知っているのは静香さんだけだ。安易な考えでここに来て、本当に自分はバカだ。

それでも匠さんに大事に愛された身体を、他の男に少しでも触れさせるのは嫌だった。

「やめて、触らないで！」

「やめるわけないだろう」

凌牙さんは私の両手首をまとめて頭上に縫い付ける。そして目の前で気味悪く微笑んだ。

「そのうち、抵抗する気も失せる」

抵抗をやめる気はみじんもない。だけど圧倒的に力の差がある……。

摑むように胸に触れられ、私の瞳に涙が滲んだ。

――やっぱりやだっ。

思いっきり、足を蹴り上げた。凌牙さんのお腹に当たり、彼が怯む。

逃げようと身をひるがえしたら、そのまま引き戻される。顔の前で凌牙さんの手が振り上げられた。

――叩かれる！

咄嗟に目を強く瞑った。

その時、部屋の扉の鍵が開く音がしたのだ。

「あやめっ……！」

飛び込んできたのは匠さんだった。

不安に満ちた彼の顔と声に、今まで堪えていた涙が込み上げる。

匠さんは私たちを見て一瞬立ち止まったものの、勢いよく走ってきて、凌牙さんを私から引きはがし、ベッドから引きずり下ろした。

引きずり下ろされた凌牙さんは床に思い切り頭を打ちつけた。

頭を押さえながら起き上がろうとしたところで、匠さんが殴りかかりそうになる。私は必死にそれを止めた。

「匠さん、ダメッ！」

「しかし、もう許せる話ではないですからっ」

「大丈夫！　何もされてないですから」

殴りかかったら、匠さんがどこかで悪く言われるかもしれない。私はそれを止めたかった。ただ必死だった。

「そうです。奥様のおっしゃる通り、手を出してはいけません！　あとは私にお任せください。悪いようにはいたしませんから」

名倉さんも飛び込んできて、珍しく慌てた様子で言う。

「匠さん、お願い！　やめて！」

私が匠さんを後ろから抱きしめて再度言えば、彼は心を落ち着かせるように深く息を吐き、振り上げていた拳をゆっくり下ろした。

「殴ればいいだろう。そうしたら被害に遭ったって記者に話してやる」

凌牙さんが吐き捨てるように言う。

「……もうあなたは変わらないんですね。ずっと……あなたみたいな人でも兄弟だからと思っていましたが……」

「俺はお前を一度も兄弟だと思ったことはない」

その言葉に、一瞬匠さんの表情が歪んだのが見えた。

名倉さんは、凌牙さんを立たせると、何も言わずに部屋から連れ出した。


それからしばらくして、匠さんは「……すまない」と私に頭を下げた。

「私は大丈夫ですよ。いざとなれば吐いてやろうと思っていましたし」

笑って言ってみたが、気付けば手足が震えている。

——やっぱり怖かった。

押し倒されて触れられて、心底嫌だった。絶対にもう匠さん以外に触れられたくはない。

匠さんが私を強く引き寄せ、抱きしめる。私は匠さんの背に自然と腕を回していた。心から安心できるのはここだけだ。

「本当に何もされてないんだな」

「はい。匠さんが来てくれたから、大丈夫。でも、どうしてここが分かったんですか？しかも鍵まで」

「すまない。もしものことがあってはいけないから……騒動が起こってからあやめのスマ

ホに居場所が分かるＧＰＳアプリを仕込んでいたんだ」

「えッ……」

私は驚いて匠さんの目を見る。彼は心底申し訳なさそうに頭を下げた。

「本当にすまなかった。今回のこの騒動は凌牙が絡んでいる気がしていたから、念のため仕込んでいた。それでホテルまでは分かったんだが、部屋が分からなくて……。でも静香さんが教えてくれた。鍵もだ」

「静香さんが？　どうして……？」

「どうもあやめからの電話が切れていなかったようで、凌牙に言い返しているのを聞いたらしい。それに触発されて、俺に部屋番号を教えてくれた。鍵も渡してくれて……」

「そう、なんですか」

「正直、静香さんがいなければ危なかった」

匠さんは安堵の息を吐く。そして、再度頭を下げた。

「遅くなって、本当にすまない」

「だから謝らないでください」

「そうじゃないんだ……。俺は不安だったんだ。凌牙の会社がなくなるという話が出ていたから」

「七城電機が？　なくなるって倒産ってことですか？」

「あぁ。ただグループ企業だから、部門によっては俺の会社で統合することになる。もともと経営は思わしくなかったんだが、凌牙が社長になって一気に傾いた」

だから凌牙さんの様子がおかしかったのだろうか。

「自暴自棄になっておかしな行動を起こさないかとこちらでも気をつけていたんだ。でも、俺はどこかで信じていたかった。『そこまでひどいことなんてするはずがない。凌牙は血の繋がった兄弟だから』って……。そんな俺の甘さがこの事態を招いた。本当に申し訳なかった」

「もう自分を責めないでください。私も無事だったわけだし」

血の繋がった兄弟を信じたい気持ちは分かる。その気持ちに共感し、私は匠さんの手を取った。匠さんの方が不安定だと思ったから。

彼の手は少し冷たかった。匠さんの悲しみが伝わってくるようで胸が痛む。

でも、彼の手が力強く握り返してくれたことで、少しだけ安心できた気がした。

私はいつの間にか、自分の手の震えが収まっていることに気付く。

「そもそも、あの書き込みって私のせいですよね。私が契約結婚の話を静香さんにしていたから……。本当に申し訳ありませんでした」

私は深々と頭を下げた。

「いいや、今回の件は不可抗力だ。しかし、これで騒動の発端は分かったから対処しやすくなった。たぶんもう名倉が削除に動いてくれている」

「あとは、匠さんの会社の方ですよね。何とかしないと……」

彼が社長を務める会社だけは、全部が丸く収まるというわけにはいかない。

私はただそれが不安だった。会社は匠さんが一番大切にしていたものだから……。

匠さんは私を真剣な瞳で見つめ、口を開いた。

「あやめ。会社のことなんだが……一つだけ、手を貸してくれないか?」

9章：一番大切なもの（ｓｉｄｅ匠）

契約結婚が始まってから仕事に没頭していたとはいえ、俺は逐一、名倉からあやめの様子は聞いていた。

あやめは仕事を始め、楽しそうにやっているらしい。パーティーでもその雰囲気はよく伝わってきた。

俺は念のため、彼女の上司になる椎名について少し調べていた。

椎名は新進気鋭の社長で、人望も厚く、会社経営も安定していた。

七城グループとは全く異なり、女性の管理職が多く、明るく風通しの良い社風の会社で、素直に見習うべき点があると思った。

けれども、あやめと椎名が話しているのを見ると、どうしても嫉妬の気持ちが湧き上がってくる。

あやめがこれからも仕事を続けていくのに、やりにくくならないようにと、椎名の前では冷静な表情を保つよう努めていた。


「香港《ホンコン》のインフィニティコネクトに出張ですか」

名倉に言われ、俺は頷いた。その日の夜、会社で出張の話をしていたのだ。

「あぁ。十二月二十二日から年末にかけて出張となる。チケットと宿泊先の手配をお願いしたい」

「承知しました。……クリスマスを挟みますね。契約結婚とはいえ、夫婦として初めてのクリスマスくらいはプライベートであやめさんに会えないものかと必死で調整されていたようにお見受けしていましたけど、本当にいいんですか？」

「……この三年、気を緩めることは許されないだろう」

これは本心だ。しかし、理由はもう一つあった。

パーティーなどの公の場以外であやめに会えば、彼女に触れたくなってしまいそうだったからだ。

『あやめ、今日のドレスは一段と似合っている』

パーティーの時、そう微笑んで言葉を投げかけると、彼女はいつも恥ずかしそうに顔を綻ばせた。俺はそんな彼女の無防備な表情を目にする度に、さらに好きになっていった。

あやめは、俺の言葉や表情を演技だと思い込んでいるようだった。俺自身も、自然に溢れてくる彼女への愛情を演技であることにしておく方が都合が良かったから、それで通すことにしていた。

契約結婚を決めた時にはもうこれ以上好きにならないだろうと思っていたのに……。この気持ちには果てがないのだ。

名倉はそれを分かっているかのように息を吐く。

「あやめさんのお父様にも手は出さないと約束されたのですから、過度なプライベートでの接触は避けた方が良いと思います」

「だからパーティー以外で会っていないだろう」

「あやめさんが風邪の時は飛んでいってしまいましたけどね」

「あれは緊急事態だったからだ」

あの時は、本当に反射的に足が動いていた。

あんな経験は大人になって初めてだった。それくらい、彼女が自分にとって欠かせない存在になっているのだろうと思った。

クリスマスや誕生日、お正月……あやめと過ごしたい行事は、きちんと役員に就任したあと、必ず一緒に迎えようと心に決めた。

あやめが仕事を始めて一年が経つ頃には、海外の招待客が多い時、彼女は当たり前のように隣でフォローしてくれるようになっていた。

俺も英語は話せるが、訛りがひどい場合はどうしても聞き取りづらい。

だけど、あやめはいとも簡単にそれを聞き分け、俺が分かりやすいようにフォローを入れた。

挨拶を終えてからあやめに向き合った。

「さっきはありがとう」

「え？　ええっと、どういたしまして？」

本当に何にお礼を言われているのか分からない様子で返事をする彼女。

こういうところも愛しいよな、と心の中で微笑むと、どうやら本当に微笑んでいたようで、彼女も口元を緩めた。

「ほら、さっき、聞き取りづらかった時フォローしてくれただろう」

「あぁ……！　そんなことですか！　フォローの達人は匠さんの方だと思います。私はいつも匠さんに助けられていますから」

彼女の言葉は心に真っ直ぐに届く。彼女の声を聞くと顔が綻ぶ。

彼女の全てが好きになるきっかけになっていた。

「そうだ。今度、出張があるんです。北海道《ほっかいどう》なんですよ。今から楽しみです」

「そうか。……誰と？」

「え？　浦部さんです」

浦部というのは、女性だと聞いていた。

椎名や他の男とではなかったことに思わずほっとしてしまう。仕事をしていればそんなこともあるだろうに……。

彼女が成長する姿は嬉しかったものの、心のどこかで『自分だけのものにして閉じ込めておきたい』という気持ちが芽生えてくる。

そんな自分の中にある身勝手さに気付き、驚く自分もいた。


契約結婚から、二度目の新年を迎えた頃——その日は祖父に呼ばれて二人で食事をしていた。祖父は開口一番に言う。

「七城電機の経営が傾いているのは知っているな」

「はい。社員をリストラしたのがきっかけで、他の大勢の社員も一気に退職したと聞いています」

「あぁ、その通りだ」

「……なくすのですか？」

「まだ判断しかねている。一年だけ待とうとは思っているが……いざというときは黒字部門だけは七城データに業務を移管する予定だ」

「そうですか」

そうは言っていたものの、祖父は最終的には七城電機をなくすのではないかと思っていた。

経営が思わしくない企業を、血縁だからといって無理に残すようなことはしない。だからこそ、グループとしての業績は落ちていないのだ。

本来なら俺にするような話ではないけれど、兄弟だから話したのだろう。

祖父は日本酒を一口呑んだあと、口を開いた。

「匠はそろそろ子どものことも考えているのか。グループの会長を目指すというなら、必ず考えなければならないぞ」

「あやめとの子は欲しいと思いますが……とにかく役員になれるまでは考えないようにしています」

「そうか。そのことだが――」

たっぷり間を置いてから祖父は言った。

「今期の七城データの業績が今まで通り過去最高になれば、お前を社長に据え、グループ役員にしようと思っている」

「……ありがとうございます」

「結婚前ももちろん優秀だったが、結婚後の成長は目をみはるな。社員からの評判も上々だ。やはり結婚相手を見る目があったのだろう」

「いえ……私の見る目ではなく、あやめのおかげです。最初に、あやめが私を選んでくれたので、頑張ろうと思えたのです。いつだって、私はあやめの存在に助けられています」

あやめがあの時、提案に乗ってくれなければ、全てが違っていただろう。

そして彼女がそばにいてくれなければ、俺はここまで頑張ることはできなかった……。

「そうか。お前の様子を見て話を聞いていると、おしどり夫婦の記事もあながち嘘ではないのだと思うな」

きっと祖父も俺たちの仲を疑っていたのだろう。見抜かれていなかったことにほっとした。

このままうまくいけば社長就任は契約終了の少し前。

――絶対間に合わせる。

俺はそう強く思っていた。

十二月に入ったばかりのその日、俺は逸る気持ちを抑えてあやめに電話をかけていた。

三コールもしないうちにあやめが電話に出る。

「あやめ、今少しいいか」

『はい、もちろん。どうされましたか？』

「一月より、七城データ社長への就任が決まった」

『え……』

一瞬、あやめの声が詰まった。

「それで、就任前だが、十二月二十一日に就任パーティーがあるんだ。必ず出席してほしい」

『はい、それはもちろん』

「匠さん、少々よろしいでしょうか」

名倉の声に、通話を遮られた。

「あぁ……。じゃあ、また改めてドレスは送るから」

それだけ言って電話を切った。

嬉しさからすぐにあやめに連絡したことを思うと、自分がなんだか子どもみたいで恥ずかしくなった。

「お願いされていた篠崎社長とのアポが取れましたよ。夜なら行けるようなので、料亭の予約もしておきました」

「あぁ、ありがとう」

すぐにその夜、篠崎社長にも会った。

入ってきた篠崎社長の顔を見て安堵した。少し痩せているが、表情は明るい。

この三年、直接顔を合わせる機会はほとんどなかった。

その間、もちろん篠崎電機に色々な会社も紹介してきた。社長は本当に一所懸命、それぞれの企業を回っていた。

その成果もあり、今は七城電機に頼らずに経営が安定している。

「ご無沙汰しております。お元気そうでなによりです」

「色々とありがとうございました。おかげで、今は七城電機以外の取引先も増えて、これからもし七城電機が無茶を言ってきてもお断りできます」

「社長ご自身のご努力のたまものですね」

俺がそう言うと、社長は少し恥ずかしそうに微笑んだ。

「昔は顔を売るのだけが社長の仕事だと思っていたんです。それで、七城のパーティーにもよく出席して、七城電機の仕事をもらえて……それでよかったと思っていました。しかし、そういうことではないんですね。うちの社員は優秀な人材ばかりだ。社員の能力を信じればよかったんだと、今になって思っています。寝る間もないですが今の方が元気です」

「……そうですか。この件以外にも、お力になれることがあればおっしゃってください」

「もう一分力になっていただきました。本当にありがとうございました」

篠崎社長は頭を下げ、それから顔を上げるとそっと聞いてくる。

「七城電機が危ないと小耳に挟みました。本当ですか？」

「それは……私にもよく分からなくて」

「内部情報ですから漏らせませんよね。しかし、もし真実であれば……うちは七城電機に頼り切っていましたから、うちもどうにもならなかったでしょう。本当になんとお礼を言ったらいいのか」

「お礼なんて必要ありません」

「あやめのことも……。あなたといる時の顔、雑誌でよく見かけますが……本当に幸せそうで、私はほっとしているんです。あんな幸せそうな顔、あの子は演技ではできません。匠さんに一緒にいてもらってよかった。本当に……よかった」

その言葉に、娘への深い愛情を感じた。やはり、篠崎社長もあやめを大切に思っているのだ。そうでなければ、あんなに素直で優しい子には育たないはずだ。

「……篠崎社長、幸せなのは私の方です。私はあやめさんが受け入れてくれるなら、一生彼女のそばで生きていきたいと思っています。私には彼女の存在が必要不可欠なんです」

篠崎社長は一瞬だけ驚いたような表情を見せたが、すぐにその目元を細め、柔らかく微笑んだ。

「もちろん、私は大賛成です」

——これでやっとあやめに本当の意味で想いを告げられるんだ……。

俺はそう思うと、いつになく緊張し始めた自分に気付いた。


二〇二四年十二月二十一日：離婚まで残り百日
そしていよいよ就任パーティーの日。あやめの顔を見るだけで顔が綻んだ。

「あやめ、今日も綺麗だな」

心から言っているが、あやめは冗談だと思っていていつも「そうでしょう」と楽しそうに返してくる。

しかし、今日に限っては緊張した面持ちで「ありがとうございます」と返事をした。

あやめも緊張しているのだろうか？　よく見ると顔が真っ赤だ。

あやめの表情が分かりやすいおかげで、自分の壮大な勘違いでなければ、あやめは自分を好きでいてくれていると思えた。

だからこそ今夜、あやめを誘うつもりだった。

「今日、このホテルに泊まらないか？　部屋を取ってある」

パーティーが終わった時、意を決して口を開く。

あやめは少し驚いた顔をしていたが、頷いてくれた。

どういう気持ちでホテルの部屋に来てくれたのか、俺はあやめの気持ちを量りかねていた。

「あやめはこれからどうするつもりだ?」

ルームサービスを頼み、あやめに今後のことを聞いた。

「今のマンションを出たら一人暮らしをしてみようかと思っています」

凛とした姿に目を奪われる。望みさえすれば、彼女はもうどこにでも行ける。そう感じた。それが嬉しいと同時に、自分以外を選んでしまいそうでもどかしい。

「あの……お話、というか、お願いがあるんです」

「なんだ?」

「契約期間は三月末までなので、引っ越しの手配を三月末にしてしまっているんです。匠さんが役員に就任されるのは一月ですが、三月末まで、妻としてあそこに住んでいてもいいですか?」

「もちろんだ。約束通り、三月末まで夫婦でいてほしい」

俺の言葉を聞いて、あやめはほっとした様子だった。期限を短くするなんて考えてもなかったが、彼女がその決断をしなくてよかったと安堵した。

そして、あやめはゆっくり深く頭を下げた。

「では、あと百日、よろしくお願いします。三年間、本当にありがとうございました」

——終わると思っているあやめには申し訳ないが、俺は終わりにするつもりはないんだ。

気付いたらあやめの手を掴んでいた。彼女の目が飛び出しそうなほど大きく開く。

「最後くらい夫婦らしいことをしてみないか。三年間支えてくれた妻を抱きたい。もちろん、本人の許可が得られれば」

あやめはどう答える？

心臓の音がやけに頭に響いている気がした。掴んだ手が緊張しているのが自分でも分かる。

すると、あやめは小さな手で、きゅ、と握り返してくれた。

「……はい」

小さな声だった。それでも俺は嬉しさが込み上げてきて、あやめを見て笑っていた。

「だから今日、抱いてください」

俺は咄嗟に、あやめの後頭部に手を添え、彼女が嫌がらないのを確かめるとキスをした。

二回目のキスは、どちらからともなく重なった。

二〇二四年十二月二十二日：離婚まで残り九十九日
昨夜の情事の途中、あまりにもあやめが好きな気持ちと、離したくない気持ちが暴走し

すぎて、

『このまま避妊せずにしないか？』

と口走ってしまった。あやめは戸惑った表情を見せ、首を横に振った。

『離婚まであと百日ですよ』

『……そうだよな』

あやめにとって今の俺は、契約結婚しているだけの相手だ。彼女が、俺と一生一緒にいる覚悟ができていないのも無理はない。突っ走りすぎたと反省して避妊具をつけた。

しかし俺はあやめを抱いて、彼女への気持ちがさらに膨らんでいた。彼女にも俺だけを見てほしい。そして、俺と同じ覚悟を決めてほしかった。

「これから契約終了日の三月三十一日まで一緒に住んで、もしあやめの気持ちが俺に向いたら、離婚はなしにしてほしい」

あやめの表情が一瞬で驚きに変わる。彼女が確かに今、完全に自分だけに意識を向けていることが嬉しかった。

「まあ、この提案を受け入れないなら、離婚届には判を押さないよ。それに、どうしても拒否するなら、最初の契約書を皆に見せてバラすけど、それでもいい？」

これからは、君が俺以外見られないようにしたい。そして知ってほしかった。

俺のあやめへの愛情を。俺があやめを離す気はないということを……。

二〇二五年一月十日：離婚まで残り八十日
その後、半ば脅しのようにあやめと一緒に住み始めた。

最初はぎこちない部分もあったけれど、時間が経つにつれ、あやめとの生活は予想以上に幸せなものになった。俺はその幸せを全身で受け入れていた。

ただ一つ、気になることがあった。あやめが静香さんと会っていることだ。

もともと連絡を取っていることは知っていたが、年末には静香さんに直接会ったらしい。

静香さんは凌牙ともまだ連絡を取っているのを知っていたので、それが俺の心を少し重くしていた。

名倉にそのことを話すと、彼はあっさりと「もう関わるなと言えばいいじゃないですか」と言った。しかし、俺はそうもできなかった。

「確かにそれが最善かもしれない。しかし、あやめにとって静香さんは大事な人なんだ」

「……甘いですね。仕事とは大違いだ」

名倉はきっぱりと言い放って続けた。

「……でもそれが普通の人間の心情ですよね。仕事とプライベートは別ですから」

「名倉が五人の息子たちに甘い父親だとかな」

「かわいいですよ、写真見ます？」

「もう何度も見た」

俺が言っても、名倉はスマホの中に無限に保存されている子どもたちの写真を見せてきた。確か一番上は高校生で一番下はまだ小学校に入ったところ。五人の兄弟が仲良く写真に写っている。

「名倉のところは兄弟仲がいいよな」

「喧嘩もしますが、兄弟仲は良い方だと思います。私は一人っ子なので羨ましいものです」

俺はその言葉に凌牙を思い出した。俺の唯一の兄弟だ。気付けば歯を噛み締めていた。

「……俺は凌牙のこれまでの事情も知っているし、きっと成長とともに彼も変わると思ってきた。あんな奴でも、血を分けた兄弟なんだ」

名倉は困ったように息を吐いた。そして俺を見据える。

「匠さんは昔からずっと……本当は凌牙さんと仲のよい兄弟でいたかったという気持ちを持ち続けてきましたよね。あやめさん兄妹を羨ましそうに見ていたのをよく覚えています。しかし、血の繋がりが全てを解決するわけではないということは、もう匠さんにも分かってきているのではないですか？」

名倉は驚くほど俺をよく見ている。そう思うとふっと表情が緩んだ。

「……確かに、血の繋がりはないが、名倉の方が本当の兄のようだと感じるな」

「あやめさんとの子どもができれば、兄のような私を、よき父親のお手本にしていただいて構いませんよ。きっとお子さま方は仲の良いご兄弟に育ちます」

名倉が真面目な顔で言うので、思わず吹き出しそうになった。


二〇二五年二月二十一日：離婚まで残り三十八日
そして、二月のこの日。あやめがいつもと違う様子を見せた。

何かがあると思い、俺は彼女に聞いてみた。すると、静香さんに会っていたことが原因だと分かった。

「……彼女にはあまり深入りするな。もう会わない方がいい」

思わずそう言ってしまった。

そもそも静香さん自身が不安定な精神状態にある。それをあやめが理解し、支えるのは難しいことだ。

それに冷たいように思えるかもしれないが、俺はあやめが静香さんと関わることで危険に巻き込まれることを一番恐れていたのだ。

「……匠さんって、冷たい人だったんですね。私、あなたのことを誤解していたかもしれません」

表情が硬くなったあやめのその言葉に、一瞬息が詰まった。

「どういう意味だ……？」

「匠さんだって凌牙さんと同じじゃないですか。私も必要なくなったら切り捨てるんですか？」

あやめの声は真っ直ぐに響いた。

胸が締め付けられるような感覚に襲われたが、冷静に答えようとする。

「そんなことするはずないだろう。あやめは俺を信じられないのか？」

「……すみません。やっぱり私はどう頑張っても七城家の人は信じ切れないみたいです」

その日から、あやめは分かりやすく俺を警戒するようになった。

いくら心配していたとしても、あやめの気持ちを無視して発した言葉は、あやめにとっては凌牙の言葉と何も変わらないように感じられたのだろう。

俺はそのことに気付き、心の中で何度も反省した。彼女を想うあまり、言葉を選べなかった自分が悔しかった。

二〇二五年三月十四日：離婚まで残り十七日

その日、俺は花屋にいた。

ちらちらと店員がこちらを見ているのが気になり、居心地が悪かった。

悩んだ末にバラに決めると、店員が優しく言った。

「ご心配されなくても、そこまで悩んで決められたものはきっと喜ばれますよ」

「そうか。それならいいが……」

花屋の店員にまで見抜かれていたことに苦笑した。俺はあやめのことになると、どうも表情に甘さが出てしまうらしい。

自宅まで届けてもらい、無事にあやめに花束を渡した。そして、以前のことを謝った。

「……あやめ、この前は申し訳なかった。一方的に静香さんにもう会うなと言って、君の気持ちをきちんと考えられてなかった」

「私こそ、ひどいことを言ってしまってすみませんでした！」

「いや、俺のせいだ。あやめが好きだから、とにかく君が心配で……。君にとって大事な人だと分かっていながら、感情的になってしまった。信頼を得られないのは当然だ」

格好が悪くて見せたくなかった部分も、正直に言った。そんな自分もあやめに受け入れてほしかった。

すると、俺をじっと見つめていたあやめが言う。

「あの、さっきの言葉をもう一回聞きたいです」

「さっきの？」

「私のこと、好きだって……」

あやめのその言葉に、思わず胸が温かくなった。

心から伝わってほしいと思いながら、あやめの目を見つめる。

——匠、常に冷静でいなさい。本当の気持ちは、好きな人の前でだけ見せればいいの。

母の言葉が、ふと頭に浮かぶ。

母は演技かどうか分からないくらい演技が上手かったけれど、普段の気持ちは表情に出なかった。

しかし、俺が嬉しい時は一緒に笑ってくれたし、悲しい時は泣いてくれた。

そのことで、俺は母の本心が俺にあるようで嬉しかったのだ。

この言葉はもしかしたら、伝えたい相手に想いが必ず伝わるようにするためだったのではないだろうか……。

「俺はあやめが好きだ。愛している」

心を込めて言ったその言葉に、あやめは少し間を置いて、震える声で返した。

「わ、私も……好きでいていいんですか。ずっと好きでいて……このまま離婚せずに、一緒にいてもいいですか？」

「それは……離婚撤回ってことだよな？」

「は、はい……」

その答えに、安堵が広がる。今まで生きてきた中でこんなにも嬉しいことはない。

彼女を強く抱きしめ、そのままキスをする。

何度もキスを重ね、次第に舌が絡み合っていく。

「好き……大好き……」

あやめの甘い声に、心の中が満たされるような気がした。

そして、何度も彼女の身体を愛した。

――これが、俺の人生で最高の日だと思った。


二〇二五年三月十五日：離婚まで残り十六日
名倉がやってきて、俺たち夫婦が別居中だとか、離婚間近だという噂が広がっていると言った。名倉の表情には焦りが見える。

あやめには家にいるように伝え、俺はすぐに車で会社に向かった。

「社長が匠さんになって、お二人の記事が前よりもさらに注目されていた中で、これですから……。会社にも影響があると思います」

「あぁ、分かっている」

俺は頷いたが、心の中では不安が広がっていった。

誰がこんなことを広めているのか、その情報の発信源を探る必要がある。

凌牙の影がちらついた。それが本当なら、事態はもっと厄介だ。

「会社のことは何とかするしかないだろう。しかし、あやめは……」

名倉は俺が呟いた一言にすぐに反応した。

「気をつけて見ておきますが……やはり行動全てを監視するのは難しいと思います」

「だよな……」

俺は深くため息をつき、視線を外に向けた。

あやめを守ることはもちろんだが、もし俺の会社にまで影響が出れば、彼女もそれを気にしてしまうだろうことも気がかりで、早急に解決するつもりでいた。

二〇二五年三月三十日：離婚まで残り一日
会社の問題は解決の糸口が見え始めていた。

しかし、心配なのはやはりあやめ自身のことだ。あやめには部屋から出ないように言い、出る際には必ず連絡して誰かを護衛につけるよう伝えていた。だが、あやめはこっそり家を出てしまった。

それが分かったのは、あやめのスマホに、万が一のことがあった時のために入れたGPSアプリのおかげだ。

画面の表示を見ると、あやめはホテルに向かっているようだ。

慌てて名倉に連絡し、会社を飛び出した。名倉も慌ててついてきた。

しかし、GPSでは細かい位置情報を拾えず、建物に入られてしまうとどこに行ったのか分からなくなってしまう。

車は渋滞に巻き込まれ、あやめの方が一足先に到着してしまった。

急いで車を降り、走っていってホテルのロビーを探すが、あやめの姿は見当たらない。

思わず凌牙の名前で宿泊予約がされているかを聞いたが、もちろんホテルはそんな個人情報を教えてくれない。

その間に名倉も車を置いて走ってきた。

「奥様は？」

「くそっ……どこにいるか分からない。今からこのホテルを買い取ってオーナーになれば居場所が分かるのか！」

「匠さん、落ち着いて」

「これが落ち着いていられるか！」

あやめは誰に呼び出されたんだ？　凌牙に呼び出されて、こんなところに来たのだろうか？

焦りと怒りで頭をかきむしっていると、目の前に一人の女性が歩いてきた。

——静香さんだった。

スマホを持った手が震えている。直感的に彼女が何か関係しているのではないかと思った。

「静香さん。あやめは？　あやめはどこに行ったか知っていますか！」

「私……私はとんでもないことをしてしまったかもしれません」

静香さんは、凌牙に命令されてあやめを呼び出したことを告げた。

あやめが部屋に入ったあと、彼女から電話があり、会話の途中で電話が切れたと思ったが実は切れていなかったそうだ。

「……あやめさんはずっと私をかばってくれていたのに」

静香さんの瞳が揺れる。俺は今がチャンスだと思い、彼女に詰め寄った。

「部屋は？　あなたが借りたなら部屋番号くらい分かるだろう！」

静香さんは少し考えたあと、きゅっと唇を噛んでおずおずと口を開く。

「……カードキーがあります。三枚渡されたので、こっそり一枚だけ私が持っていました」

その瞬間、俺はそれを素早く奪い取って走り出した。部屋は１８１１号室。十八階だ。

十八階に着くまでの時間は、永遠のように感じられた。

ついに部屋に到着し、扉を開けるとあやめにのしかかる凌牙の姿が目に飛び込んできた。

頭が真っ白になり、気付けば俺は走って凌牙を引き摺り降ろしていた。強い衝撃とともに、凌牙がどこかにぶつかったような気がしたが、冷静でいることができなかった。

倒れている凌牙に殴りかかろうとしたその時、あやめが必死に止めた。おかげで、結果的に俺が手を出すことはなかった。

会社のトップが暴力を振るうなんて、あってはならないことだ。そこまで冷静さを失っていた自分を恥じた。

「殴ればいいだろう。そうしたら被害に遭ったって記者に話してやる」

凌牙は皮肉をぶつけてくる。

「……もうあなたは変わらないんですね。ずっと……あなたみたいな人でも兄弟だからと思っていましたが……」

「俺はお前を一度も兄弟だと思ったことはない」

俺は凌牙が唯一近くで育ってきた兄だから、いつか改心してくれるのでは……いつか変わってくれるのでは……と信じていたかった。名倉も言っていたように、本当は血の繋がりだけではどうにもならないこともあると頭では分かっていたのに。

凌牙の言葉が心の深くに落ち、彼を信じ続けたかった感情にきちんと諦めがついた気分だった。

ついてきた名倉は俺を見て、よかった、とでもいうように目を細め、それから凌牙を連れて出た。

「……すまない」

俺は、あやめにゆっくり頭を下げた。

「私は大丈夫ですよ。いざとなれば吐いてやろうと思っていましたし」

目の前で無理に笑うあやめを見れば、唇も、手足も震えている。よほど怖かったのだろう。

思わずあやめを抱きしめた。何よりも先にこうすればよかった。

あやめはそっと俺の背中に腕を回した。

「あとは、匠さんの会社の方ですよね。何とかしないと……」

あやめは真剣な表情で言った。先ほどまで震えていた手は、もう震えが収まっていた。

こんな時でも、会社の心配をするなんて本当にできた妻だと思う。

でも、本当は完璧じゃなくてもいい。どんなあやめでもよかった。

——俺の隣にいてくれればそれでいいのだ。

「あやめ。会社のことなんだが……一つだけ、手を貸してくれないか？」

10章：自分で選んだ場所

二〇二五年三月三十一日：離婚当日

それは匠さんの社長就任パーティーをしたホテルだった。

匠さんに手を取られ、会場の中に入るなりたくさんのフラッシュがたかれて目の前が瞬く。目が慣れてくると多くの報道陣がいるのが分かった。壇上には、机と椅子、マイクが並んでいる。私は、ごく、と唾を飲み込んだ。

「私、何を言えばいいんでしょうか」

「あやめは話を聞いていて。あと、嘘なんて言わなくていいから。俺も嘘を言う気はない」

小声だが、はっきりと匠さんは言う。私は戸惑った。

——会社のことなんだが……一つだけ、手を貸してくれないか？

そう言われたのは昨日のこと。そしてその内容が今日、この記者会見の場に同席することだ。

二人でお辞儀をして椅子に腰を下ろす。また激しくフラッシュがたかれた。

匠さんはこんなに大勢の前で、何を話すつもりなのだろう。

不安はあるのに、彼の隣にいると大丈夫だと思えるから不思議だ。

少し間を置いてから、彼がマイクを手に取った。そして、和やかに微笑み、口を開いた。

「私が妻に惹かれたのは、五年以上前の話です」

その言葉に、私は目を見開いて匠さんを見た。

一体匠さんは何を言い出したのか？　さっぱり意味が分からなかった。

「そして三年前、私の猛アプローチで承諾してもらい、結婚に至ったのですが……その時点での私は、あやめさんを守れるような立場ではありませんでした。本来なら、相応の立場になってから彼女にアプローチすればいいだけだったのでしょうが、順序が逆になってしまったのは……彼女の手をこれ以上離しておく勇気が私にはなかったからです。私はあやめさんが好きで仕方なかったので……」

そう言って、匠さんは少し恥ずかしそうにはにかんだ。

一番前にいた女性記者が一瞬でその笑顔に魅了されたのが、私には手に取るように分かった。私も同じだったたからだ。

「そこからは仕事中心で、忙しくてなかなか帰れない日々が続いていました。それが今回の騒動の一端となったのだと思います。……そして百日前、やっと七城データ社長への就任が決まりました。これでこれからもあやめさんを守っていける。そう思いました」

匠さんは私の方を向いて微笑み、ゆっくり口を開いた。

「今ももちろん、私はずっと……心よりあやめさんを愛しています」

私の胸がギュウと摑まれたように痛くなる。

これはこの場をごまかすための言葉ではなかった。

どうしよう……。まさか、こんな多くの人の面前でこんな告白をされるなんて。

すると匠さんは、私にマイクを渡し、目で促す。

私がここで何を言うの!?

私は軽いパニック状態に陥った。

だけど、匠さんが背中をさすってくれて、すうっと深く息が吸えた。

——嘘なんて言わなくていいから。俺も嘘を言う気はない。

彼が最初に言ってくれた言葉を思い出す。

そうか、ごまかすことなく、私の本心を言えばいい。ただそれだけ。

意を決して、目の前の報道陣に目を向けた。そして、匠さんに向き直り、ゆっくり口を開いた。

離婚百日前から一緒に住んで、匠さんに少しずつ好きになってもらったんだと思っていた。

ずっと私だけが好きだって思ってた。

「私の方がずっと匠さんのことを好きだと思っていました」


しかし彼の言うことが真実なら、私たちはきっとずっと前から両想いだったのだ。

そうだよ、とでも言いたげに匠さんが目を細める。

彼のとても幸せそうな表情に私まで嬉しくなる。

これまで演じているだけだと思っていたのに、元から演技でも何でもなかった私たち。

そんな私たちの表情を目の当たりにした記者たちが息を漏らす。

――幸せそうだけど……これはこれ以上の騒動にはならない。

そう言いたげだった。

周りから見ればこの会見はただの『のろけ会見』というものに他ならなかったのだ。

匠さんは真っ直ぐ前を向くと、はっきりと言った。

「ネットの離婚間近という書き込みは根も葉もない話です。必要があればこうして何度でもお話の場を設けさせていただきます」

記者から手が上がった。彼はフリー記者と名乗り、不躾な質問をぶつける。

「お二人が結婚して長いのに子どもがいないことも、世間での離婚間近という認識に繫がっていると思います。お子さんのことも考えておられるんですね」

「ええ、もちろん。私はずっと愛する妻との子どもならば欲しいと思っています」

匠さんは微笑んで、私の手に自分の手を乗せた。

「……ただ、妻は好きな仕事をしているのもあり、なかなか頷いてもらえません。私も妻の意向を尊重したいのでつらい立場です。いつか、妻にも同じ気持ちを抱いてもらえるように、しっかり妻を口説き落としていきたいと思います」

真面目な表情できっぱりと匠さんは答える。

本人の前で「口説き落としたい」だなんて、自信過剰すぎる。

しかし、匠さんだからこそ納得してしまう。私も含め、その場にいる誰もが納得したような表情をしていた。


控室に戻って息を吐いた私の頭を、匠さんは優しく撫でた。

匠さんを見上げると、彼は突然、強く私を抱きしめた。息が止まるくらいの抱擁だった。

私はその感触に酔い知れるように目を瞑った。

「でも五年以上前って……驚きました。私、匠さんには最近好きになってもらったとばかり思っていたんです。本当ですか？　かなり前ですよね」

匠さんを見上げながら私が聞くと、彼は笑って、これまでのことを話してくれた。

＊＊＊

匠さんの話を聞いた私はもちろん嬉しかったけれど、匠さんのこれまでの長年の気持ちを初めて知ったのが、あんな場所でだったのが、なんだか恥ずかしくもあった。

「あんな大勢の前で発表しなくてもよかったんじゃないですか。先に言っておいてくれたらよかったのに！」

「ハハ、もう隠す気はみじんもないから。せっかくなら公衆の面前で言っておこうと思って」

そう思って実行してしまうところが、本当に食えない人だと思ってしまう。

しかも、なぜか今、吹っ切れたように匠さんは明るい笑みを見せている。

一人だけ妙にスッキリしていて、なんだか狡い。

「でもやっぱり、好きってことくらいは知っていたら……たぶんもっと違いました。変な誤解もしなかったのに」

私がそう言うと、匠さんは穏やかな声で答えた。

「確かに、元から全て伝えていれば、あやめを不安にさせることもなかった。それについては、俺の勝手な判断だ。本当に申し訳なかった」

その言葉を聞いて、私はすぐに許せてしまった。

だって、彼の気持ちが分からなかったからこそ、私にはできたことがあったから。

「だからこそ……私は何とか、あなたの足手まといにならないように、自分で考えて、動いて、仕事にも挑戦できたんだと思います」

どうすれば匠さんの役に立てるのか、考えて、考えぬいて……一人じゃできなかった一歩も踏み出せた。

自分の声が少し震えたのを感じながら、言葉を続ける。

「私は昔の自分より、今の自分の方が好きです。今の自分だから、あなたと並んでいられる。だから……この三年があってよかった。あなたが好きでいてくれて、三年間契約結婚しようって言ってもらえて、本当に……よかった」

真っ直ぐ背を伸ばし、彼を見つめた。

匠さんはそのままじっと私を見返し、そして、とても嬉しそうに笑う。

その笑顔が、何よりも私の心を満たしてくれるような気がした。

「でも、私がもし匠さんのことを好きじゃなかったら、全部うまくいってないと思うんですけど」

私はいたずらっぽく聞いてみた。

それだけは本当に不思議だ。匠さんがどれほど自信家だとしても、さすがに自信過剰すぎる。

　じっと彼を見つめると、匠さんはこれまでで一番と言っていいほど大きな声で笑い出した。

「な、なんですか？」

「いや、ごめん」

　匠さんは肩を揺らしながら笑いを堪えている。

　何がそんなにおかしいのか、私には不思議だった。

「あやめの顔を見て分かっただけだよ。君の表情は昔から本当に分かりやすいからね。おかげで話を進められたし、少々無理も言えた」

　彼の笑顔を見て、それが真実であることがよく分かった。

　――まさか、表情からバレていたなんて……。私は昔から本当に進歩していない。

　恥ずかしさで頬を隠した私の手を、匠さんは包むように手に取って握る。

「俺はね、そういうあやめだからこそ好きになったんだ」

「分かりやすいからってことですか？　それ、褒められている気がしません」

「褒めているさ。そんな素直なあやめといると安心する。自分の感情が取り戻せる。自然でいていい場所があやめのところなんだと思えるんだ」

　彼の言葉一つ一つが嬉しくて仕方ない。

だから私も言葉で伝えたくなった。

「表情で分かりやすいとしても……私にもちゃんと言葉で言わせてください。私も匠さんが大好きです」

私はこれからずっと、彼の前では素直に気持ちを言葉にすることを決めた。

どうせ表情でバレるのだから、我慢する意味なんてないのだ。


自宅に戻って、お互いに何も言わずに寝室に滑り込んだ。ベッドの上でゆっくりキスを楽しむ。味わうような長いキス。

視線が合うと、幸せそうにクスクス笑う匠さんに私も嬉しくなって笑う。

その後、彼のキスは首筋に、鎖骨に、ゆっくり落ちて、そっと舌でなぞられる。

「……………あっ」

気持ちいい。もっと触れてほしい。もっとキスしてほしい。

でも、相手は匠さんでないと嫌。身体ごと彼が欲しい。

服を脱がされ、ブラも取られ、全身に落ちていく熱いキス。

下がっていく彼の頭に腕を回した時、じゅ、と音がして胸の先端に吸い付かれる。きゅう、と胸も子宮も反応する。

「あぁっ……………ンッ……………」

自分の胸なんて嫌いだったのに、やっぱり彼が触れると好きになる。自分のものだからこそ、彼に触れてほしかった。

左胸の先端を肉厚の舌で舐めながら、右胸の先端を指でこねられる。優しく、でも追い詰めるみたいな動きだ。次は濡れた左胸の先端の突起も指で扱かれ、身体が勝手にくねる。

「ンんんっ……！」

突然、胸の突起をじゅう、と強く吸われて身体が跳ねた。

口唇が離れれば、唾液で光る胸がやけに淫猥に見える。

「胸でイけるようになったなんて偉いな」

「匠さんのせいですから。だって、匠さんに触れられると気持ちいいから」

思わず言い返すと、彼が笑いながら私の頭を撫でた。

そうしている間に、残るショーツももう片方の手で流れるように取られる。

いつの間にか全部脱がされていて、恥ずかしいのに抱き合うまでの時間が縮まったように感じて、期待が高まった。

そっと彼の手が太ももに這う。次に触れられるであろう場所を思うと誘うように腰が揺れる。

しかし彼は入口の周りにくすぐるように触れて、全然中心には触れてくれなかった。

「やぁ。触って、ほしい……。触って？」

「素直でかわいいな。あやめ」

そっと彼がそこに触れてくれる。

ゆっくり優しく溝に沿って指が動く。それだけで、くちゅくちゅと恥ずかしい音がする。

恥ずかしさを我慢していたら、いきなり一番敏感な蕾に彼の指が触れた。

「ひゃっ……あぁっ……！　だめ」

「ダメじゃないだろ。触ってほしいと言ったのはあやめだ。もっとしてほしいことを素直に教えて。俺はあやめの素直な言葉が一番好きなんだ」

くるくると遊ぶように、次第に快感を増長させるように突起の上を指が動く。蕾が硬くなっていくのが自分でも分かる。

「あっ、あんっ！　も……そこ、気持ちよすぎてっ……」

「かわいい……そろそろ達しそうか？」

嬉しそうに匠さんが目を細め、そんなことを言われた瞬間、中からこぷんと生温かい液体がこぼれてお尻の方へ伝う。

指がさらに中に入ってぐるりと回され、ザラザラで気持ちいい場所を刺激していく。

「ンッ……あぁっ……はぁ、んっ……！」

匠さんが私の足元に移動したと思ったら、中に指を入れながら膨らんで硬くなった小さな突起を舌先で刺激した。突起を掬うように舐め上げ、じゅう、と吸う。

「ンんんーーーーーっ！」

チカチカと目の前が瞬く。大きく達したのが自分でも分かった。

ちゅ、と唇に口づけられ、目の前で匠さんが微笑む。

「あやめ、愛している」

快感を与える指先、艶っぽい声、優しいキス。その全てが、私に愛してるって伝えてくれる。

愛されるってこういうことなんだと教えてくれる。

もう、どこにでも行けるようになったけれど、ここが自分の選んだ場所だ。ここにずっといたい。

匠さんが自分の服を脱いだ。裸の胸板を見ると、どうしてもドキリとしてしまう。

そんな私を見ながら、彼が額を合わせて口を開いた。

「このまま避妊せずにしないか？」

「はい。しなくて……いいです」

「本当に？」

「匠さんは家のために子どもが欲しいと思っているわけじゃないんでしょう」

「当たり前だろう。あやめとの子どもだからだ」

「だから、私も匠さんとの子どもが欲しいんです」

そう言うと、彼は子どもみたいに本当に嬉しそうに顔を綻ばせた。

いつもかっこいいけど、今はちょっとかわいい。

「あぁあんっ………！」

油断していると、そのままの彼がぐぬっと入ってくる。私は息を吐きながら、彼の全てを受け入れていた。

「あやめ」

「あ、ンッ……匠さん……っく！　気持ちいっ……」

「もっと奥までいい？」

「うんっ……」

匠さんは余裕のない表情のまま、ぐっと最奥まで押し入ってくる。

今まで全部入っていなかったのだろうか、と思うほど、深いところに彼が当たる。

目の前がチカチカと点滅する。だけどそれすら気持ちよくて……。

「んんっ！　や、も……っく！」

ビクビクっと身体が二度跳ねる。イッてしまったのだと分かったけど、匠さんは律動を止めない。

そのせいで、さらに高い絶頂まで追い込まれることになる。

浮いた足首を掴まれ、体勢を変えて少し強引に奥まで押し込まれる。そのうち、肌と肌が当たる音が耳に届く。

ずっとその繰り返しなのに、どんどん気持ちよくなる。

「あぁっ！　んっ、もっ、またぁっ」

「また、イキそう？」

「はい、ん……！　い、きそ……イっ！　イっちゃうっ！」

頭の中が真っ白になる。だけど容赦のない快感がさらに刻まれる。

ガクガクと身体が揺れ、目の前の匠さんの顔が余裕なく歪む。このまま一緒にめちゃくちゃになってしまいたくなる。

次の瞬間、一番奥に彼の先端が届いた。

「っく……」

低くうめく彼の声が聞こえる。すぐに中に熱いものが大量に注がれた。

私の奥に彼の存在が残る。それは私が彼にだけ許した未来を約束する行為だ。

「大好き……匠さん……」

私はゆっくりと目を瞑った。そのままクタリと身体から力が抜けた時、心地よく浮き上がるような感覚を覚えた。

二〇二五年四月一日

スマホのアラームが鳴り響き、無意識に手を伸ばすと、温かな肌に触れた。

驚いて目を開けると、目の前に広がるのは匠さんの胸板。

昨日、そのまま眠ってしまっていたのだ。

匠さんが目を擦りながらアラームを止めた。

「すまない、ぐっすり眠ってしまった」

私も同じで、普段なら途中で目を覚ますことも多いのに、とても深く眠っていた。

二人で顔を見合わせ、微笑み合う。それから少しの間抱きしめ合い、キスも交わした。

しかし、どちらも仕事が待っていることを思い出し、現実に引き戻されて名残を惜しみながらベッドを離れた。

出勤準備を始めると、少しして眉をひそめた名倉さんが部屋に入ってきた。

「いつもならすぐに返信が来るのに、どうしたんですか。心配しましたよ」

「本当にぐっすり眠ってしまっていたんだ」

「それはいいことですが、これからは気をつけてください」

名倉さんは少し厳しい顔で言った。

「……すまない」

匠さんの謝罪の言葉に、私は思わず笑みがこぼれた。

彼が名倉さんにだけ弱いことは、もう何度も見てきた。彼のそんな一面が、少しかわいいく思える。なんだかこの二人は、本当の兄弟にも見えた。

匠さんはその後、先に会社へ向かうことになった。

「奥様。念のため、今日は車を手配してありますから使ってください」

名倉さんの言葉を、私は素直に受け入れる。

玄関まで見送ると、匠さんが振り返り微笑んだ。私もそれに応えて微笑む。

「いってらっしゃい」

「いってきます」

キスを交わしたかったが、名倉さんがそこにいる。どうしてもその一歩を踏み出せなかった。

すると名倉さんが、普段の冷徹な顔からは想像できない柔らかな表情を見せた。

「今夜は匠さんが少し早く帰れるように努力します。夜までお待ちください」

「……はい」

そんなに残念そうな顔をしてしまっていただろうか。少し恥ずかしくなったけど、名倉さんの気遣いに感謝した。

だってもう、離れる瞬間から会いたい。

その後、再び「いってらっしゃい」と言い、二人の背中を見送った。

私は出勤するとすぐに椎名さんにお礼を言った。

職場の人たちは皆私たちのことを信じていてくれたようだった。

その日は会見ののろけすぎを軽く揶揄われることはあったが、誰もが優しく接してくれて、私はほっと胸を撫で下ろしていた。

夕方、仕事を終えると、予定より少し早く匠さんが迎えに来てくれた。

彼がオフィスに足を踏み入れた途端、周りから「おしどり夫婦だ」と声が上がった。

まるでそれが予想通りの反応だったかのように、匠さんは軽く頭を下げて、皆に向かって「騒動でご心配をおかけしました」とお詫びをした。

そして、差し入れのケーキを取り出すと皆が歓声を上げた。

匠さんが持ち込んだのは、私たちがよく知る有名店のケーキだ。

「これからも、妻のことをよろしくお願いします」

騒々しい中で、匠さんは椎名さんに歩み寄り、静かに頭を下げた。

「いえ、こちらこそ。困ったことがあれば何でも相談してください。彼女にもそう伝えています」

「もちろん。あやめはあなたのことを〝上司として〟信頼しているので」

匠さんの声色が牽制を含んでいたらしく、椎名さんはそれに気付いて苦笑したようだ。

「七城さんちは、結局旦那さんの方がベタぼれだよね」

椎名さんがあとでポツリと言った言葉が私の耳に残った。

その夜、私たちは帰りにデートをした。

映画を見て、食事を楽しみ、一緒に笑っているだけ。

昔は、好きな人と夫婦となり、こうして並んで笑いながら過ごせる日が来るなんて、夢にも思わなかった。

——今、ものすごく幸せ。

そう思って微笑むと、匠さんも隣で幸せそうな笑みをこぼしていた。

二人で部屋に戻りシャワーを終え、ベッドに入る。

目がすでに閉じかけていた私は、疲れと幸せが入り混じって、何がなんだか分からなくなっていた。

「今日ね、匠さんとたくさん話せて、笑ってる顔も見られて……それが日常になってると思ったら嬉しくて幸せで……」

眠すぎて、自分でも何を言っているのか分からない。そんな私の手を、匠さんがそっと取ってくれた。

「ありがとう、あやめ。俺もあやめといられて幸せだよ。今日はこうして眠ろう」

はい、と返事できたかどうかは分からなかった。だけど、ぬくもりがじんわり手から伝わって全身に行きわたるのだけは分かった。

匠さんといると、昔、兄といた時の安心感と、恋のドキドキが合わさったような感情になる。なにより彼の色々な表情が見れるようになったことが嬉しくて幸せだった。

――でもよく考えてみれば、まだ匠さんが驚いたところって見てないな……。

いつかサプライズでも仕掛けてみようか。誕生日はどうだろう。

思いを馳せていると、いつの間にか深い眠りについていた。

エピローグ

その日、私と匠さんは静香さんの入院する病院へ向かっていた。

凌牙さんからのパワハラとモラハラで、静香さんと凌牙さんの間には完全な主従関係が構築されていた。

離婚後も静香さんの代わりに子どもを産む女性、途中からは私を連れてくるように命じられていた静香さんは、全て凌牙さんの指示で発言し、動いていた。

そんないびつな関係を壊すのは難しく、今後は精神的な面から入院治療を続けることになっていくという。

病院に行ってみれば今もまだ精神的に不安定なため会えないと言われ、私は持ってきた花だけ渡してくれるように頼んだ。

花は昔の静香さんをイメージした色とりどりのガーベラ。ガーベラの花言葉は『希望』

だと店員に聞いた。

自分はやっぱり静香さんに助けてもらったし、今でも静香さんが好きだ。

それに……唯一、匠さんと私の契約結婚の話だけは、あの騒動の直前まで静香さんは口にしなかったようだ。それは静香さんの良心だったんじゃないかと私は思う。

——願わくば、いつか彼女にも新しい希望が見つかりますように……。


凌牙さんについては、私を襲おうとしたことだけでなく、会社のお金を横領していた事実が分かり、さすがの会長も激怒した。

公な訴えは起こさないものの、凌牙さんは関連会社の開発事業の作業員として発展途上国へ送られることになった。

匠さんが言うには、「もう戻ってこられない。刑務所よりつらい日々が一生続くだろう」ということだった。

会長は、処罰する時は身内だからといって忖度はしない人なのだそうだ。

かなり厳しい処分は見せしめという意味合いも含めていたらしく、七城グループ内で好き勝手していた男性たちはそれから戦々恐々としていたらしい。


そして、私と匠さんの結婚式が華やかに行われた。

もともと契約結婚だったという事情から先延ばしにしていたけれど、今回の騒動を経て、やはり皆の前で結婚式をしておきたいという思いが私たちの中に強く芽生えたのだ。

神前式は親族だけで静かに行われた。私たちの親族たちが見守る中、誓いの言葉を交わし、これからも二人でいることの幸せを心から噛み締めた。

神前式の雰囲気とは打って変わり、披露宴は大人数の祝宴となった。

職場の仲間や親しい友人たちが集い、賑やかに多くの祝福を受けた。

たくさんの祝花や祝電も届き、その中には、静香さんから届いたたくさんのガーベラの花束とお祝いのメッセージも含まれていた。

そして、披露宴で父が私に渡したものがあった。

それは、私の兄・柾が大事にしていた【なんでもいうことをきくけん】だった。

兄は私の結婚式の日に、それを私に渡すつもりでいたという。

その券には、兄の字で何枚も【幸せになること】と書かれていた。

その券を手にした瞬間、言葉にならない感情が溢れ、私は涙が止まらなくなってしまった。兄の想い、そしてその裏にある父の気持ちを感じたからだった。

その時、匠さんは何も言わず、ただ私をしっかりと支え、静かにその涙を受け入れてくれた。

その優しさに、私は改めて彼の存在の大きさを実感した。

そんな結婚式のおかげもあってか、私たち夫妻は以前よりさらにグレードアップし、今では〝世界一のおしどり夫婦〟という名が定着している。

＊＊＊

――結婚式から少し経った、ある夜。

俺の電話が鳴った。ベッドから手を伸ばし、それを取って耳に当てる。

「いや……起きていた。……あぁ、その件ならクラウドに上がっていたのを確認した。承認はしているが、明日の朝一で話が聞きたい。……そうだな。よろしく頼むよ」

相手は名倉だった。確認しておきたいことがあったようで、俺はしばらく仕事の指示を出して電話を切った。

そして前を向くと、あやめが眉を寄せ、困った表情をしていた。

それもそのはず。あやめは全裸で、俺たちは今繋がっている最中だったのだから。

「電話がきた時くらい、その、抜いてくれても……」

あやめは少し批判じみた声を出す。

「一秒も惜しいんだ」

俺はピシャリと返し、その瞬間、律動を再開する。

ぐっと奥を突いて、それからゆっくり引き出す。俺の先端があやめの狭い中を動く度、彼女が妖艶に反応した。

「あぁっ……んっ！」

ぐん、とまた奥を突けばあやめの全身が震えた。

俺は奥まで入りながら、そっと左胸の突起を扱く。すると、あやめの中がきゅう、と陰茎を締め付ける。

あやめは表情や言葉はもとより、中が素直でかわいい。

だから、そのままそっと耳元に唇を寄せ、あやめに聞いた。

「あとさっきの電話の最中……どうして反応した？」

また中がきゅ、と反応する。あやめの顔も真っ赤になった。

先ほど、電話している時に、中が何度もうねって正直俺も危なかったのだ。

あやめは昔は性的なことに嫌悪感を持っていたが、今は全くそんなことはない。俺はそれを知っていた。

最近ではあやめから求めてくれる日もあった。そんな日はいつもより長く彼女を貪ってしまった。

俺は十分すぎるほど、あやめとの夜の営みにもはまっているのだ。

あやめは赤い顔で俺を見ていた。俺はせっかくならあやめに質問の答えを言ってもらおうと意地悪に微笑む。

「ほら。どうして？」

あやめは息を吸って、数秒の間を置くと、おずおずと口を開いた。

「だってね？　仕事中の匠さんってかっこよすぎて、やっぱり好きだなぁって思っちゃうの……」

あやめの言葉に、俺は固まった。俺はあやめがただこのシチュエーションを恥ずかしがっているとばかり思っていたから。

かっこいいなんて言葉、色々な人に言われ慣れていて挨拶の一部のように捉えていたけれど、あやめの言葉は別だ。

俺はあやめの本音に驚いて……目を見開いたまま数秒止まってしまった。

そんなことは初めての経験だった。

＊＊＊

私はその日、初めて匠さんの驚いた顔を見られたと思った。

本当は今、名倉さんとともに匠さんの誕生日パーティーでのサプライズを検討中だったのだ。

きっとその時に彼の驚く顔を見られるだろうと思っていたけれど……一足先に見ることができた。思ってもみないタイミングで。

私はそれに驚いたけど嬉しさが込み上げて、ついへにゃっと気の抜けた笑い方をした。

匠さんはそれを見て、私に微笑みかける。

「あの……」

ぐっと限界まで引き出された熱杭が激しく中に戻される。

油断していた私は、全身に走った快感にあらがうことはできず、それを全て正面から受け止めた。

「ふぁっ……！　た、匠さん⁉　……あぁっ！」

「ん、余裕がありそうだし、今日はもっと激しくしてもいいよな」

「えっ……ちょっと、まって、ンッ……！　あぁっん……！　それ、だめ！」

「ダメじゃないだろう。ほら、ここも一緒にしてあげる。いつも真っ赤にしてかわいいな」

さらに匠さんは私の一番弱い部分を指先で苛める。結合部の上で、硬く膨らみ、皮から出て主張していたそこは、匠さんの濡れた指先で摘まれ、にゅるにゅると扱かれる。

匠さんはそうしながら、中からも私の弱い部分を責め続ける。

私が何度達しても、匠さんはやめてくれなかった。

「んんんっ……っく……！　またぁ……イクッ！」

どうして匠さんが急に、さらに意地悪に、そして激しくなったのか……。

私には理由が分からなかった。

匠さんも初めての経験で、彼自身も驚いていたようだ。

実は、彼は驚いたあとの気恥ずかしさから、つい過剰な行動を取ってしまうタイプだったようなのだ。

つまりこれは、驚いたあとの彼なりの照れ隠しというわけ。

そんな匠さんの困った性格に私が気付くのは、もう少し先のことだ。


（完）

あとがき

はじめまして、泉野《いずみの》あおいと申します。今回、オパール文庫にて初めて本を出せる運びとなりました。このような機会をいただき、本当にありがとうございます。

あとがきでは本作のその後について少しだけ綴っていこうと思います。

あやめと匠は仲良く暮らし、最終的には三人の子どもに恵まれます。二人の子どもたちは、名倉さんの子どもたち、そして、のちに結婚した椎名さんの子どもたちと共に、仲良く、のびのびと明るく元気に育ちます。

時間はかかりましたが、静香さんは少しずつ回復。のちに再婚します。穏やかな夫とともに時を過ごし、昔のように優しい笑顔の多い彼女にゆっくり戻っていきます。

凌牙さんはまだまだ時間がかかりそう。とはいえ、なにもない異国の地で、少しずつ人の優しさが身に沁みはじめているとか……？

最後になりましたが、この本の出版に携わっていただいたすべての方に御礼申し上げます。そして、この本を手に取ってくださったあなたに心からの感謝を！

またお会いできる日を、心より祈っております。

泉野あおい

◈ ファンレターの宛先 ◈

〒102-0072　東京都千代田区飯田橋3-3-1
プランタン出版　オパール文庫編集部気付
泉野あおい先生係／小島ちな先生係

オパール文庫Webサイト　https://opal.l-ecrin.jp/

Opal

エリート夫《おっと》と離婚《りこん》するまでの100日間《にちかん》
契約結婚《けいやくけっこん》ですが本気《ほんき》で愛《あい》されてるかもしれません

著　者──泉野あおい（いずみの あおい）
挿　絵──小島ちな（おじま ちな）
発　行──プランタン出版
発　売──フランス書院
〒102-0072　東京都千代田区飯田橋3-3-1
印　刷──誠宏印刷
製　本──若林製本工場
ISBN978-4-8296-5566-5 C0193

本書へのご意見やご感想、お問い合わせは、QRコード、
または下記URLより弊社公式ウェブサイトまでお寄せください。
https://www.l-ecrin.jp/inquiry

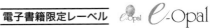

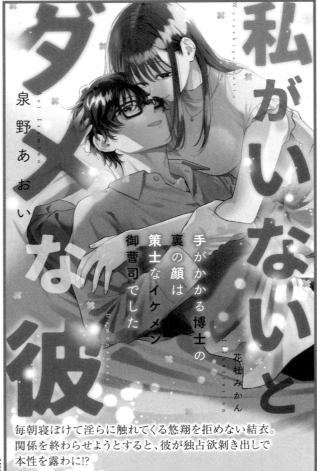